小学館文庫

東京ファントムペイン

蒼月海里

小学館

CONTENTS

TOKYO PHANTOM PAIN

CHARACTERS

TOKYO PHANTOM PAIN

illustration: 巖本英利

カンナ
KANNA
咎人。異能は『暗殺』。
令和の
切り裂きジャック。
ミカゲ
MIKAGE
咎人。吸血王子。
異能は『元素操作』。
ヒナギク
HINAGIKU
マツリカの
旧友のようだが……？

File.00 別れ、或いは始まり

轟音（ごうおん）が絶え間なく聞こえる。

地下に築き上げられた鋼鉄の城は、目の前であっけなく瓦解していった。

城を作り上げたのも、城を壊しに来たのも、皮肉にも救済を掲げる者達（たち）だった。

手を差し伸べる者はいつだって、その大義名分に目がくらみ、手を差し伸べている先なんて見えていない。そして、こちらがその手を摑（つか）まなければ、彼らの大義の敵として、闇に葬られるだけだ。

「もう、誰の手も取らない……」

左腕にひどい火傷（やけど）を負い、刃に貫かれた足を引きずって、恋人のもとへと向かう。

「私の……ベアトリーチェ……」

彼女の笑顔は陽光のようで、その笑い声は天使の讃美歌（さんびか）のようだった。

コキュートスのごとき永久凍土に閉じ込められた心は、彼女の降臨によって光で満たされた楽園となった。大地を覆っていた氷は溶けて川となり、若葉が芽吹いて緑で覆い尽くされた。

あの慈悲深い微笑(ほほえ)みが、罪を背負って罰に苦しんでいた自分にどれだけの光をもたらしたことか。

彼女が赦(ゆる)してくれれば、自分はどんな責め苦にも耐えられるだろう。

「私が君を連れて行くよ。二人だけの至高天へ……」

もう、後ろ盾は要らない。たった二人で生きていく道もあるはずだ。

まずは、空が見える場所へ行こう。青空を仰ぎ、草花の息吹を感じながら、未来について語り合おう。

二人で紡(つむ)ぐ未来は、きっと美しいものだから。

すぐそばにある壁の向こうから、何かが崩れ落ちる音が聞こえる。建物全体が激しく揺れ、床に亀裂が入った。

時間はない。早く彼女を捜さなくては。

目の前には、大きな部屋があった。そこには数多(あまた)のコンピューターが並び、コードが蔦(つた)のように張り巡らされていた。

しかし、人の気配はない。皆、既に逃げてしまったのか。

人の姿を探している時、思わぬものが目に入った。マネキンが転がっているのかと思ったが、そうではない。

「まさか、ベアトリーチェ……！」

駆け寄るまでもなく、遠目でも分かった。

それは、まさに今捜していた恋人だった。だが、いつもほんのりと赤らめている頬は真っ白で、ほっそりとした身体は微動だにしなかった。

恋人は、息絶えていた。

その手にはひっそりと、白く可憐（かれん）な茉莉花（まつりか）の花を握っていたのであった。

TOKYO PHANTOM PAIN

File.01

救済、或いは絶望

深夜のことだった。

残業疲れのビジネスパーソン達を乗せた地下鉄が、雄たけびのような音を響かせながら東京の地下を走り回っていた時のことである。

ずんっ、と地獄の底を揺るがすような地響きとともに、地下鉄が緊急停止した。すし詰めになった乗客達がよろめく中、地下トンネルには不気味な沈黙が拡(ひろ)がった。

「おいおい、どうしたんだ？」

出入口付近で携帯端末を眺めていた男が、胡乱(うろん)な眼差(まなざ)しで前方を見やる。すぐに、安全確認のための緊急停止というアナウンスが流れ、乗客からは少なからず不満の溜(ため)息(いき)が漏れた。

誰もが、あと少しで自宅に着くのにと思ったことだろう。疲れ切った身体を湯船に浸(つ)けて癒し、明日のために少しでも早く眠ろうと思ったことだろう。

一秒が長く感じられる。コンクリートの壁ばかりの地下で、皆がじっと耐えていた。

「あれ？」

ふと、ガラス越しに運転席を眺めていた女性が声をあげる。

「ねえ、なにあれ」

一緒にいた女性のことを小突く。小突かれた方は、携帯端末から顔を上げて、促されるままに窓の外を見やった。

前方には、長いトンネルが続いている。車両のヘッドライトが照らせる範囲などたかが知れていて、その先は暗闇に包まれていた。

よく見れば、トンネルの先は道が分かれている。東京の胎内を網のように巡る線路が交わる場所らしい。

それはともかく、二人の目には、有り得ないものが映っていた。

「えっ……、なに？」

目を凝らした女性は、唇を戦慄（わなな）かせる。

トンネルの先に、蠢（うごめ）くものがいた。それは、明らかに人間ではない。背中を丸め、頭部からはみ出した目をぎょろぎょろと動かしている。

二メートルをゆうに超えるであろうその塊は、身体を引きずるようにして、ゆっくりと移動していた。

薄っすらと、生臭さが漂う。

二人の目の前で、それは闇の中に消え、二度と姿を現さなかった。

友達の知り合いの従妹が、深夜の地下鉄で妙なものを見たらしい。

そんな話で盛り上がっていたオフィスに、鈍い音が響き渡った。

「部長!?」

カーペットが敷かれた床に、中年で小太りの男性が転がる。仰向けで倒れている男性に、周囲の社員は噂話をやめて駆け寄った。

「こ、こ、この……」

倒れていた部長は、興奮のあまり唇をわなわなと震わせた。

「鼻が曲がってるぞ! 折れてるんじゃないか……!?」

「すごく痛そうな音がしたんだけど……」

周囲の社員は、部長がねめつけている方向を見やる。そこには、右拳を固めたまま、仁王立ちになっている女性社員がいた。

タイトスカートからすらりと伸びた脚は、セクシーというより逞しく、美貌であったが、可愛らしいというよりは凜々しく、長い髪をきっちりと結い、あまりにも隙がない出で立ちだった。

誰が見ても、彼女が部長を殴り倒したのは明らかだ。

彼女は、女性にしては高い目線から、部長を見下ろして一喝する。

「おととい来やがれ、クソ上司！」

こうして、彼女——鳳凰堂マツリカは失業したのであった。


翌日、マツリカは、友人とともに池袋の路地裏にあるレトロな喫茶店に来ていた。

「いや、ホントにやっちまったよね」

マツリカの友人であるユカリは、カフェオレを啜りながら苦笑した。

「だって、こっちが我慢する義理なんてないでしょ。あのクソ上司、愛人になれって何度も迫って来たし、それに……」

マツリカは口にするのも憚られることを言われたことや、身体に触れられたことを思い出し、ふるりと身体を震わせる。

「まあ、あんたが今までされたことを考えると、よくやったってところか。それじゃ、あんたが自由になったのを乾杯しようかな」

ユカリは、自分のカップを軽く掲げる。マツリカもまた、苦笑まじりでカップを掲げた。

中性的な美人であるマツリカに対して、ユカリは流行のメイクをばっちりと決め、小柄な体軀に似合ったフェミニンな装いをしている。一見すると凸凹な二人だが、大学時代からの付き合いだった。

休日はよく、二人で池袋の一角にあるカフェで雑談をしている。

二人がいるのは、昭和の時代を思わせるレトロなカフェで、『喫茶　カグヤ』といった。ユカリに案内された時は、「スナックみたいな名前……」と思ったマツリカだったが、マスターは芸能人みたいな無精髭を生やした若い男性で、彼の愛想の良さと料理の美味しさが相俟って、マツリカも一人で通うほどになっていた。

そんなマスターは今、店内が混雑しているため、厨房とその入り口を忙しなく往復している。大学生と思しきアルバイトの青年が料理を運んでいるが、こちらは愛想が無いという接客業にあるまじき欠点を持っている。尤も、青年はなかなかの美形だったし、ユカリは不愛想なくらいがいいと主張するのだが。

「っていうか、次の就職先を早く見つけないと。独り身だから、直ぐ干上がっちゃう」

マツリカはブラックコーヒーを飲み干し、携帯端末を取り出した。

「就活サイトに登録したけど、どれも微妙で」

「マツリカは営業職をやりたいんだっけ」

「そうそう。人と接する仕事をしたいのよ。まあ、その営業先でセクハラじみたオッサンとかもいるんだけど」

「あるある」

ユカリは大きな溜息を吐いた。

「そういう連中を、殴ってもいいところに就職したら？」

「いや、そんなのないし」

マツリカは冷静にツッコミをした。

「でも、ただの営業職じゃ勿体無いでしょ。東京湾の荒波に揉まれながら培ったその鉄拳が泣くんじゃない？」

「その話はやめて……。っていうか、東京湾に荒波が来たら大惨事だし」

「まあ、そうか。日本海を見ながら育ったから、つい」

ユカリはぺろりと舌を出した。

「でも、レディース時代のマツリカを見てみたかったなぁ。きっと、カッコよかったんでしょうね」

「レディースっていうか、ただの海沿いのヤンキーだし……」

「喧嘩はしたけど、飲酒や煙草はしてなかったんでしょ。えらいえらい」

「飲酒してバイクに乗ってたら危ないし、サツにパクられるから……。タバコは高いし、健康に悪いし……」

「盗んだバイクで走り出してたの？」

「窃盗罪だし、それ」

ツッコミをしてから、マツリカは深い溜息を吐いた。

その昔、マツリカは木更津（きさらづ）で東京湾を眺めながら、世の中に反抗したい仲間達とバイクを走らせながら喧嘩に明け暮れていた。

しかし、あることが切っ掛けで、この生き方は間違っているのではないかと気付き、猛勉強して東京の大学に進学したのである。

それで、故郷と荒れた思い出とは決別したはずだった。

しかし、それは勘違いだった。上司を鉄拳制裁した時の快感が、まだ右拳に残っている。自分の前に立ちふさがる理不尽を力でねじ伏せるというやり方が、やはり、しっくり来ていた。

「……もう、普通の生活は出来ないのかな」

マツリカはぽつりと言った。そんな彼女に、ユカリは首を傾（かし）げる。

「マツリカはフツーの生活をしたいわけ？」

「えっ？」

「フツーの生活ってつまらないと思うんだよね。私は、毎日刺激が欲しいって思ってるもん」

「だ、だけど、普通って大事なことじゃない？」

「そうかなぁ。私がフツーだから、そうじゃない生活に憧れるのかも」

ユカリが何気なしに発した言葉に、マツリカは衝撃を受けた。

（それじゃあ、普通に憧れる私って、やっぱり普通じゃないわけ……？）

握った拳がわなわなと震える。動揺のあまり、視界が歪みそうになったその時であった。

「失敬」

ふわりと、花の匂いが鼻腔をくすぐる。やけに心地よいこの香りは、百合だろうか。

ぐいっと腕を掴まれる。ビックリしてそちらを振り向くと、そこには彫刻のように美しい男性の顔があった。

オリーブ色の瞳が、マツリカの顔を覗き込んでいる。年齢はマツリカと同じく二十歳後半くらいだろうか。透き通るように美しいけれど、何処か悲しげな瞳だなと、マツリカは思った。

「な、何か……？」

「失礼。知り合いに似ていたような気がして」

彼はそっと手を離すと、ふわりと微笑んでみせる。その笑顔は、天界の使者のように穏やかで美しく、そして、浮世離れしていた。

「さ、左様で御座いますか……」

　下心の欠片でも窺えれば反撃しようとしたマツリカであったが、すっかり毒気を抜かれてしまった。

　そんな彼女に、男性は懐から何かを取り出す。

「君に、お勧めの仕事があるよ」

　差し出されたのは、名刺と思しきものだった。マツリカは、あまりにも非現実的な相手を前に、流されるままに受け取ってしまう。

「あ、あの」

　声を掛けようとした時には、彼はカフェの出口に向かっていた。

「待って……！」

　眩しいくらい白いシャツをまとった彼の、すらりとした長身の背中を追おうとするものの、彼は流れるようにカフェの扉を開けて、あっという間に立ち去ってしまった。代金は前払いされていたのか、ドアベルが鳴ったのに気付いたマスターは、「ありがとさん！」と声を張り上げる。

「何なの……？」

　マツリカが唖然としていると、「ちょっと」とユカリが小突く。

「今の人、すっごいイケメンだったんだけど……」

ユカリは、男が立ち去った後のカフェの出入口を名残惜しそうに眺めている。白昼夢かと思うほどの出来事だったが、どうやら現実だったらしい。

「何を貰ったの？」

マツリカの手の中にあるものを、ユカリは覗き込む。

「名刺っぽいけど……」

名刺には、『アリギエーリ』という社名か店名らしきものと、QRコードが記されているだけだった。

あの人物の名前らしきものや、連絡先などは見当たらない。

「どういうこと……？」

「お勧めの仕事があるって言ってたし、社長さんとか店長さんとか……？　もしくは、仕事を斡旋してくれる人とか……」

ユカリもまた、首を傾げる。

マツリカは、アリギエーリという名前を検索してみたが、先ずはイタリアの詩人がヒットした。

「ダンテ・アリギエーリ」と、携帯端末の画面を覗き込んでいたユカリが読み上げる。

「何処かで聞いたことがある名前だと思ったら、『神曲』の著者か……」

ダンテ・アリギエーリは十四世紀の詩人であり、政治家であり、哲学者である。彼の代表作である『神曲』は叙事詩であり、彼自身が地獄、煉獄、天国を巡るという物語であった。

「っていうか、人名よね。もしかして、これって、さっきのイケメンの名前なのかな」

「うーん。店名や社名としても使われているみたいだけど」

マツリカは、検索結果として出てきたものをスクロールしつつ、眉根を寄せた。

「これだけじゃ、よく分からないわよね。QRコード、読んでみようよ」

ユカリは身を乗り出す。最早、マツリカの身に起こった普通ではない出来事を愉しんでいるようだった。

「他人事だと思って……」

マツリカはぼやきながらも、携帯端末でQRコードを読み込み、リンク先へと飛ぶ。

すると、画面にパッと地図が表示された。

「あっ、会社情報じゃない？」

ユカリは表情を輝かせるものの、マツリカはすぐに違和感に気付いた。

「ううん。これ、地図しかないんだけど」

電話番号も、メールアドレスも表示されていない。ただ、山手線内の或る駅から徒歩で目的地へと向かうルートしか書かれていなかった。

「この場所に来いってことかな」と、ユカリが言う。

「いや、胡散臭過ぎでしょ」とマツリカはツッコミをした。

「でも、お勧めの仕事を紹介してくれるみたいじゃない。もしかしたら、マツリカが欲しがっていた普通の仕事かもしれないし」

「この状況自体、普通じゃないんだけど……」

「でも、虎穴に入らずんば虎子を得ずっていうし。ほら、頑張って！」

ユカリは、激励するようにマツリカの肩を叩く。頭を抱えるマツリカに、「報告を忘れずにね！」と念を押しながら。


地図を頼りにマツリカがやって来たのは、都心の住宅街の一角だった。

図書館や公民館などが立ち並ぶ閑静な場所で、山手線の輪の中とは思えないほどだ。周辺は新しい住宅から古い住宅までが凸凹に軒を並べていて、人通りは少ない。この辺には、どんな人が住んでいるんだろうと思いながら、マツリカは地図と現在位置を交互に見やった。

「えっと、地図では確かにここに……」

マツリカの目の前に、『アリギエーリ』があると地図は示している。しかし、そこにあるのは、忘れ去られたようにぽつんとある、物置のような建物だった。蔦が絡みつき、ほとんどが緑で覆われている。とうの昔に打ち棄てられたかのような錆び付いた扉があったので、マツリカはそのドアノブに手を伸ばした。しかし、鍵がしっかりと掛かっている。

「開かないんですけど……」

呼び鈴を探そうとしたマツリカであったが、蔦から伸びる葉の下に光るものを見つけた。それは、QRコードリーダーだった。

「もしかして……」

マツリカは名刺を翳そうとする。

だが、次の瞬間、反射的に身を翻した。

耳のすぐ横を、風が切る。背後から、男の腕が伸びていたのだ。

「誰!?」

マツリカは鋭く問う。

そこにいたのは、スーツ姿の男であった。街で会っても背景に溶け込めそうな風貌だが、その目つきはただ者ではないとマツリカは気付いた。

「勘がいいな。お前も異能使いか」

「は!? 何言ってンの!?」

男は、マツリカ目掛けて再び腕を伸ばす。その視線の先にあるのは、彼女が手にした名刺だ。男の狙いに気付いたマツリカは、名刺を庇うように身をかわし、代わりに、男の腕を引っ掴んだ。

「なっ……！」

「舐めんな！」

引き寄せた男の鳩尾に、靴底をめり込ませてやる。マツリカの蹴りをまともに食らった男は、「んおっ……！」とくぐもった声をあげた。

「女の背後を狙うなんてサイテー。……いや、男の背後を狙っていいわけじゃないけど」

マツリカが手を離すと、男は地面に膝をついて蹲る。蹴りがまともに入ったことだし、しばらくは動けないだろう。

「っていうか、なんで私を襲ったわけ？　異能使いって言ってたけど――」

マツリカの言葉はそこで途切れた。電柱やら、住宅街の塀の向こうから、目の前の男と同じような男達が現れたからだ。

ざっと、五、六人はいる。マツリカが喧嘩慣れしているとはいえ、一人で捌くのは不可能な人数だった。

「おい。そいつを渡して貰おうか」

男のうちの一人は、マツリカが手にした名刺を指さす。

「何で、そんな……」

危険が迫っているのは分かるが、他人の言いなりにはなりたくない。そんな気持ちが、マツリカを抗わせる。

せめて、状況を知ろうとするマツリカであったが、彼女の意思に反して、その男は懐から何かを取り出した。

「げっ……、チャカじゃない……」

そう、拳銃だった。冷ややかな銃口が、マツリカに向けられる。

「あの男と接触したのは分かっている。そして、それが招待状だということもな」

「招待状？　あの男って……」

マツリカの脳裏に、あの浮世離れした美しい男性の姿が過ぎる。

彼に接触したせいで、厄介ごとに巻き込まれたことは分かった。

（これ以上は、まずい）

鉛玉が相手では、手も足も出ない。我が身を守るために名刺を差し出してしまおうかと思った瞬間、背後の扉が、キィと音を立ててひとりでに開いた。

清らかなる百合の香りが、ふわりと鼻先を掠める。

──庭園の番人、残忍な蛇となり、闖入者を束縛せよ。

「えっ……」

若い男の声だった。マツリカは、その声に聞き覚えがあった。

その途端、背中の扉に蔓延った蔦がざわりと動く気配がする。マツリカが振り返ると同時に、それは飢えた蛇のごとき勢いで男達に襲い掛かった。

「なっ……！」

男達は目を丸くする。

「お前、異能を使ったのか！」

「私じゃないってば！」

蔦は動揺する彼らの脚に絡みつき、その身体を這い上がって、縄のように男達を搦め捕った。拳銃はあっけなく奪われて、地に転がされる。

「ど、どういうこと……」

──今のうちに、早く中へ。

声に誘われるままに、マツリカは扉の向こうへ滑り込んだ。そこで、下り階段が彼女を迎える。

「……この先に、何が」

マツリカが躊躇していると、空気の乾く音が辺りに響き、耳元を風が掠めた。振り返ると、男の一人が蔦に自由を奪われながらも、何とか拳銃を取り戻し、こちらに銃口を向けているではないか。

「ええい、ままよ！」

再び発砲される前に、マツリカは扉の向こうへと飛び込む。その瞬間、扉はひとりでに閉ざされ、銃弾が空しく扉に弾かれる音だけが聞こえて来た。

「ここは……」

階段は、地下に繋がっている。非常灯だけが、心許ない明かりで辺りを照らしていた。闇に包まれた階段の向こうからは、あの百合の香りが、マツリカを誘うように漂っていた。

先に進むしかない。そう思ったマツリカは、階段を下り、その先にある長い地下道をひたすら歩く。

所々に分かれ道があったが、マツリカは百合の花の香りを頼りに先へと進む。

どれくらい歩いただろうか。延々と続く地下道を歩いていると、マツリカの眼前に上り階段が現れた。

「一体、ここは……」

地図の通りであれば、『アリギエーリ』とやらがあるのだろう。しかし、どんな場所なのかも見当がつかなかったし、あの男性の正体が何なのかも分からない。現実離れし過ぎている。まるで、夢の中の出来事だ。だけど、地下道のひんやりとした空気と湿っぽさは本物だ。

マツリカは、全ての出来事が夢で、自宅のベッドの中で目を覚ますという展開を願いながら、階段を上り切り、突き当りにあった扉を開いた。

その途端に、地上の光が彼女の視界を照らした。

緑と花の匂いが彼女を迎え、楽園のような陽気が彼女を包み込む。目の前を、美しい蝶々（ちょうちょう）がひらひらと飛んでいた。マツリカは、青々と茂った草木と、色とりどりの花に囲まれていた。

すぐそばには、純白の百合の花が咲いていた。瑞々（みずみず）しい花びらをまとったその花は、穢（けが）れなき花嫁のようだと思った。

「わぁ……」

思わず、感嘆の声が漏れる。

どうやら、建物の中らしい。天井や壁はガラス張りで、溢（あふ）れんばかりの太陽の恵みが降り注いでいた。

しかし、よく見ればガラスに罅が入り、支柱である鉄骨も錆びついていた。建物自体は、とうの昔に廃墟になったのかもしれない。そこを、誰かが植物園のようにしたのだ。

しかし、一体誰が。

「ようこそ、楽園の客人よ」

甘い男の声がした。

建物は吹き抜けになっていて、その二階に、喫茶店で出会った男性がいた。太陽に祝福されるように金の髪を輝かせ、楽園の植物に慈愛を注ぐような笑みを浮かべながら。

「来てくれて嬉しいよ。凜々しくも美しい君の名前を教えて貰えるかな」

「……鳳凰堂マツリカ」

彼の賛辞に、謙遜している余裕はなかった。マツリカは警戒しながら、彼を見つめる。

「私はカイネ。以後、お見知りおきを」

カイネと名乗ったその男は、恭しく一礼する。彼は陽光のような微笑を湛えたまま、動かないでいるマツリカのもとへと階段を下りて来た。

「それにしても、『マツリカ』か。いい名前だね」

「……両親が、茉莉花のような淑女に育って欲しいって思って付けたみたい。まあ、私は花には程遠いというか、周囲からはゴリラ扱いされてるけど……」

「ゴリラは賢くも繊細な生き物だ。誇っていいと思う」

「左様で御座いますか……」

ゴリラ呼ばわりを肯定してしまった相手に、マツリカは遠い目になる。そんなマツリカを、カイネはじっと見つめていた。見透かすような眼差しに居心地の悪さを感じるものの、何処か、思いつめた表情のようにも見えた。

「あ、あの……」

「ここが、『アリギエーリ』。君の新しい職場さ」

「えっ」

素っ頓狂な声をあげるマツリカに、カイネはくすりと笑う。彼の顔からは、思いつめたような表情は消えていた。

「君は就職先を欲していたのでは？」

「そ、それはそうだけど……」

カフェの会話を聞かれていたと思うと気まずい。いや、それ以前に、彼が『アリギエーリ』だと主張したこの場所は、どう見ても会社には見えなかった。

「何の会社、なの……？」

「俗っぽい言い方をすると、人材派遣会社かな」

「はぁ……」

詩を紡ぐ詩人のような優雅さで、実に現実的な単語を口にするカイネに、マツリカは生返事をすることしか出来なかった。

「でも、人材派遣会社っていう割には、他に従業員はいないし、会社というよりは廃墟を利用した植物園ぽいっていうか……」

「ここは私の隠れ家でもあるんだ」

「隠れ家……」

ガラス張りの植物園の外は、背の高い木々とビルに囲まれている。どうやら、外の通りから直接アクセス出来ないらしい。まさに、隠れ家と言えた。

「そして、従業員は君さ。見たところ、君には適性がある。先ほどの闖入者達と対峙しても、それほど取り乱さなかったしね。是非とも、うちに欲しい人材だ」

「そうだ！　さっきの連中って何なの!?　それに、蔦がその、蛇みたいに動いて……！」

「彼らは、少し想定外だった。隠れ家の入り口を知られていたのは、私の不始末だよ。そして、蔦が動いたのは異能さ」

「いのう」

マツリカは復唱することで精いっぱいだった。

「順を追って説明しよう。君は、異能を持たない一般人のようだから」

カイネは、マツリカの傍にあった白いテーブルの席に着き、彼女を向かい席に促した。

マツリカは自らの混乱を落ち着けるためにも、カイネに従って腰を下ろす。

「先ずは、会社説明から。『アリギエーリ』は、表社会で解決出来ない事件を請け負って、異能使いを派遣して解決する会社さ」

「表社会で解決出来ないものを、いのうつかいを派遣して」

「異能に関しては、君に実演した通りだ。風に言霊を載せ、蔦を動かしただろう? あれが、限られた人間しか持たない超常的な力、異能さ」

「異能とは、限られた人間しか持たない、超常的な力……」

「そう。呑み込みが早いね」

カイネは微笑む。あなたが言ったことを繰り返しているだけですが、とマツリカは心の中でツッコミを入れた。

「まさか、そんな超能力みたいなのが実在していたなんて……」

信じられないが、信じるしかない。何せ、目の前で起こった実際の出来事だ。無理矢理、そういうものだと納得するしかない。

「最初は信じ難いかもしれない。しかし、君には、慣れて貰わなくては。彼らと仕事をして貰うわけだしね」

「異能使いと、仕事を？」

　マツリカが問うと、カイネは「そう」と頷いた。

「こちらが請け負った依頼に、異能使いを派遣するわけだけど、その仲介人になって欲しいんだ。私一人では、手が回らなくてね」

「いや、流石にそれは……」

　無理です、と心の中で全力でお断りをする。つまりは、表社会ではどうにもならない案件に関われということではないか。責任も重大だが、何より、マツリカ自身が異能使いとどう接したらいいか分からなかった。

「残念ながら――」

　カイネは、マツリカの逃げ道を塞ぐように口を開いた。

「こちらの世界に一歩踏み入れた者は、二度と、何も知らなかったことにして表の世界には戻れない。それが仮に、巻き込まれたのだとしても」

　相変わらずの穏やかな微笑を湛えているカイネの視線は、いつの間にか鋭利で冷ややかなものになっていた。マツリカは荒くれ者達と生きて来たつもりであったが、こんな視線を向けられたことはなかった。

これが、異能使い――裏社会で生きている人間の気迫か。

まるで、喉元にナイフを突きつけられているような感覚に、彼女は思わず口を噤む。

「も、もし」

「もし？」

「辞退すると言ったら……？」

マツリカは声を振り絞る。室内は暖かいはずなのに、身体の芯から冷えるような感覚に襲われていた。

そんなマツリカを、カイネは値踏みをするように見つめてから、こう言った。

「残念ながら、君を守れなくなる」

「私を……？」

「あの男達を、仕留め損ねてしまってね」

マツリカは、一般人を装いつつも拳銃を隠し持っていた男達のことを思い出す。ヤバい連中ほど、素性を隠して街に溶け込むのだと何かで聞いたことがあった。

「彼らは、君の顔を見ている。そして、君に渡したQRコードを狙っている……」

「だから、また、私を襲う可能性がある……。素直に渡しても、口封じをされる可能性もある……」

「その通り。君は頭がいい」

カイネは、爽やかに微笑む。そこは笑顔じゃなくて凄むところでは、とマッリカはまたもや心中でツッコミを入れた。

「安心していいよ。異能使いは、死よりも恐ろしくないから」

即ち、カイネの話に乗らずに自由の身になれば、待っているのは死ということか。

「つ、謹んで……お引き受け致します……」

選択肢は一つしかなかった。

「引き受けて貰えて良かった。それと、私が社長で君が社員ということになるけれど、接し方は対等で構わないよ。その方が、コミュニケーションが取り易いしね」

「お、恐れ入ります……」

カイネは、或る意味、理想的な上司であり、社長なのだろうとマッリカは思った。

彼の居場所が、裏社会でなければ。

こうして、マッリカは晴れて、再就職先を見つけたのであった。

マッリカは人材派遣会社の社員になった。ただし、奇々怪々な裏社会や異能使いと繋がっている会社の。

服装は自由と言われたが、マッリカはおろしたてのパンツスーツ姿で出勤することにした。これは、身だしなみへの気遣いというよりも、少しでも相手になめられたくないという気持ちからだった。

スーツは現代人の戦闘服であり、特攻服だ。営業マンは、これをまとって笑顔を取り繕い、会社の鉄砲玉になる。

（いや、取るのは命じゃなくて、仕事だけど）

マツリカは、心の中でセルフツッコミをした。

「マツリカ君？」

「は、はい！」

パソコンを前に説明をしていたカイネが、温厚な笑みを湛えながら顔を覗き込んでくる。画面には、『アリギエーリ』の人材登録サイトが表示されていた。オシャレなカフェでも彷彿（ほうふつ）とさせるようなデザインで、とてもではないが裏社会の人材派遣会社のサイトには思えない。しかし、カイネの趣味で作ったと言われれば納得してしまうほど、彼によく似合っていた。

仕事を探している異能使いは、まず、そのサイトに自身の情報を登録するらしい。

「私の説明に、何か不足はあったかな？」

「い、いえ。ちょっと、その、あまりにも現実離れしていることだから、まだ、頭がふわふわするっていうか……！」

マツリカは咄嗟に取り繕う。

だが、事実でもあった。彼女は未だに、目の前の美男子が異能使いだということを呑み込めていないし、今、画面上を埋め尽くす名前の数々が、異能使いの名前だと信じられなかった。

そんな彼女に、カイネは怒りもせず呆れもせず、穏やかに言った。

「習うよりも慣れた方がいいね。君も、ここに登録されている異能使いと会えば、その存在を実感するよ」

「異能使いと会うって言うけど、直接会う必要はあるの？」

「ん？」

「だって、こんなにちゃんとしたサイトもあるし、メールや電話のやり取りじゃダメなのかなと思って……」

マツリカが学生時代に登録していた人材派遣会社は、会社から仕事の人員募集のメールが来て、行けそうな人間はそれに応じ、電話やメールで必要事項を教えて貰い、現地では派遣先の会社の人間が説明をしてくれるというものだった。人材派遣会社の社員と会ったのは、人材登録の面接の時だけだ。

それに、今の時代は便利なアプリもあるのに。

「君には、彼らの監視を頼みたいんだ」

「監視って……」

マツリカは息を呑む。

「彼らは、特殊な経緯があって異能使いになっている。先天的に異能を授かった者は一握りで、ほとんどは後天的なのさ。その特殊な経緯ゆえに、一筋縄ではいかないことが多い。だから、一筋縄ではいかない人々の中で過ごしていただろう君をスカウトしたんだよ」

「な、成程……？」

確かに、マツリカはかつて非行青少年と行動を共にしていた。だが、彼らは一癖も二癖もあったが、異能使いというわけではなかった。

やや首を傾げるマツリカを気にすることなく、カイネは続ける。

「猛犬には、手綱を握る人が必要だからね」

「ひぇ……」

カイネの物騒（ぶっそう）な喩（たと）えに、マツリカの喉から悲鳴が漏れる。しかし、カイネは構わずに続けた。

「それに、現場は刻一刻と変化している。臨機応変な対応も求められるから」

「現場監督も兼ねているって感じ……？」

「そうなるね」

「こっちの世界で超初心者の私に、出来るでしょうかね……？」

マツリカは表情を引き攣らせるが、カイネは笑顔のままだった。

「異能がなくとも、君には判断力があると私は感じているよ」

「はあ……」

「早速だけど、君にお願いしたい案件があるんだ」

カイネは、画面をフリックして切り替える。その動作すら優雅なもので、まるでオーケストラの指揮者のようだとマツリカは思った。

「ご覧。これが、君の初仕事さ」

画面には、こう記されていた。

『メトロの異形の討伐』と。

「めとろのいぎょう……」

マツリカは、思わず復唱する。討伐、という単語はすんなりと頭に入って来なかった。

「数日前、局所的な地震で丸の内周辺のメトロが一斉に停止したのを覚えているかな？」

「都心だけ揺れたっていう、謎の地震だっけ……。確か、付近に停まっていた地下鉄で、怪物を目撃したっていう噂があったような……」

SNSで目撃情報があっという間に拡散され、それを撮影したという動画も瞬く間に拡がった。

しかし、結局、デマだということで鎮静化された。動画も画質が悪く、画面が暗過ぎるので、証拠として不十分だとされてしまった。

マツリカは、ネッシーやツチノコみたいなものかなと思って、それほど気にも留めなかったのだが。

「あれって、実在していたわけ？」

「少なくとも、依頼主はそう思っているし、私も同じだよ」

「思っているってことは、存在は確定じゃないってこと……？」

「実際に見ていないからさ」

成程、とマツリカは納得する。どうやらカイネは、それなりに慎重な性格らしい。

「因み(ちな)に、依頼主って誰なの？」

「それは秘密。君の業務には関係がないからね」

カイネは、微笑を湛えたままぴしゃりと言った。彼に、隙はなかった。

異形の目撃情報から、おおよその出現ポイントが絞れているという。そこを狙って、異能使いに討伐させるという流れだった。

流れは単純だ。

　しかし、初めてのことが多過ぎる。メンバーを集めてモンスターを狩るなんて、ゲームの中でしかやったことがない。

「異能使い向けの依頼は討伐だが、私個人から、君への頼み事もある」

「えっ、私への？」

　マツリカが目を丸くしていると、カイネは顔を覗き込むようにして言った。

「異形の額に埋め込まれた、チップを回収して欲しい」

　カイネの細い指先が、トンとマツリカの額を小突く。その指先はやけに温かく、春風の香りがした。

「チップを……？」

「むしろ、今回はそれがメインと言ってもいいくらいでね。あと、回収は、討伐後にするように。君を必要以上の危険に晒したくないから」

「ち、チップって、どういうものなの？」

「額を開いてみれば分かる。君の、親指の先ほどの大きさのはずだ。そこまで深く埋まっていないから、すぐに見つかると思う」

「はあ……」

　マツリカは生返事をする。死んだツチノコやネッシーの額を開くなんて、気持ちのいい行為ではない。だが、ここは腹を括るしかなかった。

「チップは、絶対に回収すること。間違っても、異能使いに取られてはいけないよ」

「わ、分かった」

カイネの笑みが、一瞬、消えた気がした。彫刻のような貌(かお)に、執着と怨恨(えんこん)が垣間見(かいまみ)えた気がして、マツリカは息を呑んだ。どうしてそんなものを回収するのとは、聞けなかった。

しかし、彼の表情はすぐに戻る。穏やかな口調で、説明を続けた。

「さて。こちらが、今回の仕事を引き受けて貰う人材だ。君には明日、指定した場所で彼らに会って欲しい」

「異能使い……」

一体、どういう人達なんだろう。討伐をするくらいだから、モンスターを狩るゲームに登場するような、屈強な戦士達なんだろうか。

マツリカは表示された画面を見てみるが、写真の類は添付されていない。簡単なプロフィールとともに、二人の人物がリストアップされていた。

「『ミカゲ』と『カンナ』……」

「新規で、同時に登録して来た二人でね。片方は一部で有名だから腕前が保証されているけど、もう一人の方は分からない」

カイネは、興味深そうにその人物達のプロフィールを眺めていた。

この二人と一緒にそばまで行くわけでしょ？　戦いに巻き込まれる可能性、高くない？）

暴走族同士の抗争で、一般人が付き添ったとしても、一般人だからという理由で見逃されるとは限らない。人質として利用されるかもしれないし、意図しなくても喧嘩に巻き込まれてしまうかもしれない。暴走族が相手ならば人間なので言葉は通じるが、怪物であれば言葉も通じないので尚更危険だ。

「別料金ねぇ」

グルグルと悩むマツリカをよそに、カンナはミカゲにぼやく。

「まあでも、金銭的にガツガツする必要なくない？　この依頼、お金欲しさに引き受けたわけじゃないしさ。女の子の一人くらい、守ってあげようよ」

女の子の一人くらい、守ってあげようよ。

その言葉を聞いた瞬間、マツリカは自身が冷水を浴びたように冷静になっていくことを自覚した。

それは、彼の紳士的な気遣いだったのかもしれないし、女子力とやらをお持ちの女子ならば、喜んだかもしれない。

だが、マツリカの闘志に、火をつけてしまった。

守ろうと思うのは、女が弱いと思っているから。その、弱いと思われていることに腹が立った。弱いと思われたからこそ、マツリカは心無い上司に好き放題されてしまったのだと考えていた。それに、マツリカのように拳で反撃出来ない女性達は、更なる無理を強いられているのではないかと思うと、血涙が出そうなくらい悔しかった。

(女だからって、舐めてるんじゃねーぞ……!)

強さを証明しなくては。

マツリカは、本能的にそう思っていた。

大半の人間が、古い慣習と忖度にまみれた柵の中で飼われている表社会とは違い、異能使いの世界は危険と隣り合わせだ。カイネが、雇い主であるにもかかわらず、言葉遣いや立場に縛られぬよう接してくれたように、立場よりも実力が重視される世界なのかもしれない。

マツリカは、気付いた時にはこう言っていた。

「守ってくれなくて結構。私は、自分のことは自分で守るから」

それを聞いたミカゲとカンナは、機嫌を損ねるでもなく、「へぇ」と感心したような声を上げた。

カンナは、興味深そうに尋ねる。

「おねーサン、もしかして、異能使い？　どんな異能を使うわけ？」

「異能は使わない。持ってないもの」

「マジで？　それは流石に、痩せ我慢し過ぎじゃない？」

口調こそは軽いものの、カンナは本気で心配しているようだった。女を見下していた上司とは違って、ただのいい子なのかもしれないな、と思いながらも、マツリカは断固として姿勢を崩さなかった。

「いいえ。痩せ我慢かどうかは、あなたの目で確かめて」

「あ……、そう。おねーサンがそれでいいなら、そうするけど……」

唖然とするカンナに対して、ミカゲは実に楽しそうに、「ふふふっ」と笑っていた。

流石は『吸血王子』。簡単には動じない。美男美女の生き血を浴びて身を清めているという噂が真実味を帯びて来た。

マツリカは内心、気が気ではなかったが、それと同時に、惜しみなく自分を晒せることに心地の良さを感じていたのであった。


操業時間外の地下鉄は、昼間とは違った姿をしていた。

昼間はビジネスパーソンや学生で賑わっていたプラットホームに人気はなく、非常灯だけが駅をぼんやりと照らしていた。列車も全て車庫で眠っているようで、トンネルの奥も静寂に満ち溢れており、耳鳴りがするほどだった。

ミカゲは、資料である地図から既に当たりをつけており、或るターミナル駅の周辺を捜すことにした。勿論、線路に下りて、トンネルの中を歩きながら。

「スタンド・バイ・ミーの地下鉄編じゃん」

携帯端末のライトで辺りを照らしながら、カンナが言った。

「生憎と、全員成人しているけどね」とミカゲは笑った。見た目通りの年齢ではないらしい。

何なら、百歳くらいかもしれないとマツリカは思った。

「というか、カンナ君は両手を空けておいた方がいいよ」

「でも、明かりが無いと見えないんですけど」

「私が持ってるから」

マツリカは、予め用意していた防災用の懐中電灯で彼らの進路を照らした。

「準備がいいね。携帯端末よりも明るいし、バッテリーも消費しないしね」とミカゲは賞賛する。

「あなた達の足を引っ張りたくなかったので、ホームセンターで買って来たんです」

「その靴も？」

マツリカは相変わらずのパンツスーツ姿だったが、履いているのはごつい安全靴だった。すらりとしたシルエットには不似合いであったが、なりふりを構っていられ

ないと言わんばかりだ。

「自分で自分の身を守りたいので」

「よろしい」

ミカゲは、満足そうに微笑んだ。

「あと、丁寧語なんて用いず、気軽に接してくれていいよ。君のこと、色々と知りたいしね」

「……それは、どうも」

色々と知りたいという言葉に、含みを感じた。やはり、こちらのチップのことを探っているのだろうか。

「さあ、行こうか。二人とも、足元には気を付けて。レールに足を引っ掻けないように」

ミカゲは歩き出す。カンナはすぐ後に続き、マツリカは二人の進路を照らしながら続いた。

「多分、それほど経たないうちにターゲットと遭遇するから、気を引き締めて」

「どうしてそう思うわけ？」

ミカゲの言葉に、カンナは疑問を浮かべる。

「においがするからだよ」

「におい？」

「君達は感じないかな。生き物特有の生臭さを。照明が消えたことで、蠢き始めた異形の気配を」

カンナとマツリカは顔を見合わせる。マツリカは当然のように分からなかったが、カンナもまた察せなかったらしい。

「ミカゲ君ほど鋭くないいんだけど」

「じきに分かるよ」

ミカゲはそう言ったっきり、黙って先へ進む。ホームはずいぶんと遠くなり、前も後ろも果てが見えないトンネルとなった。

三人の影が、湾曲した壁に浮かび上がる。やけに大きなシルエットが列を成す姿は、それこそ正しく、異形だった。

しかし、マツリカは自分の影に怯（おび）えるほど臆病ではなかった。それに、彼女にとって、もっと恐るべきものがあった。

この先にいるという異形もそうだが、明かりを持とうとはせず、カンナすら気付けないにおいとやらを察しているミカゲに、少なからず、恐れを感じていた。

姿は人間だが、彼の雰囲気も性質も、明らかに人間離れしている。

その得体の知れなさを感じたマツリカは、出来るだけ彼とは正面から接したくない

うか。

カンナは、見た目が派手だし、態度や口調も軽薄だ。しかし、所々に、誠実さと優しさが窺えた。そんな青年が人殺しであるのは信じられなかったが、嘘をついているとも思えなかった。

「違うの……！」

気付いた時には、マツリカは慌ててカンナを追っていた。「何が」と、カンナはマツリカの方を振り返らずに問う。

「ごめんなさい。無神経だった」

「何が？　っていうか、俺はマジで人を殺してるんだけど。怖くないわけ？」

「怖くないわけないけど」

「けど？」

「……何か、事情があるんでしょう？　あなたも、ミカゲさんも」

カンナは振り向く。彼は驚いたように、目を丸くしていた。

「まあ、確かに事情はあるけどさ……。それで納得していいわけ？　特にヒトゴロシとか、フツーはドン引きじゃない？」

カンナからは、気まずさすら伝わって来る。気まずいと思わせているのは、彼の中の罪悪感からか。

　マツリカは、頭の中で必死に言葉を選ぶ。

　人を殺しているのが本当ならば怖いし、許されることではない。

　しかし、ここで大事なことは、そこではないような気がした。

「だって、あなたは理由なく人を傷つけるようには見えないから。そりゃあ、見た目はちょっとヤバそうな男の子だけど、あなたの言動からは、誠実さも見えるし」

「誠実な奴はヒトゴロシなんてしないでしょ」

「どうかな。真面目だからこそ、追いつめられる人もいるし」

　マツリカは、カンナの目を見つめる。手は、僅かに震えていた。しかし、マツリカは自らの恐れを殺し、カンナと正面から向き合おうとした。

　先に目をそらしたのは、カンナだった。先ほどのように突っぱねるでもなく、何処か、観念したようにも見えた。

「好きにしたら？」

　その言葉に、マツリカは緊張が一気に緩むのを感じた。カンナに一歩近づく許可を得られた。そんな気すらした。

「ミカゲさんを怖いって思ったのは、本当……。恥ずかしい話だけど、彼のこと全然分からなくて。何考えてるか分からないっていうのに、恐れを感じたんだと思う……」

マツリカは、声を振り絞りながら本音を伝える。自分の弱みを相手に明かしたくなかったが、吸血鬼だから怖いと思ったということは、訂正しなくてはいけないと感じていた。

肩書きみたいな表面的なもので判断するなんて、男だからとか女だからと差別する人間と変わらない。マツリカにとって、そっちの方が恥ずべきことだと思った。

「まあ、わけわかんないのが怖いのは仕方ないでしょ」

「わけわかんないのって……。いや、フォローしてくれるのは有り難いんだけど、あなたの相方のことだからね？」

マツリカは苦笑する。カンナもまた、つられるように肩を竦（すく）めた。

「その俺ですら、わからないことだらけだし」

「カンナ君」

前を歩いていたミカゲが、ぴしゃりと名前を呼ぶ。

「君の口から、どんなフォローの言葉が出て来るのか、楽しみにしていたんだけど」

「やっば。聞かれてたみたい」

カンナは、マツリカに耳打ちする。悪戯（いたずら）がばれた子供のような表情に、マツリカは思わず笑みが零（こぼ）れた。

「僕のいいところ、君の口から聞けなくて残念だ」

ミカゲは、冗談っぽく言った。

「いいところはいっぱいあるけど、それを凌駕するヤバさがあるでしょ」

「それ、褒め言葉として受け取っておくよ」

少し振り向いてみせたミカゲは、口元に悪戯っぽい笑みを浮かべていた。やはり、得体が知れない相手だと思ったが、恐ろしさは、不思議と消えていた。

「そう言えば」

マツリカは、ふと気になったことがあった。

「あなた達、どういう関係なの？」とカンナに問う。

中世の貴族のようなミカゲと、遊び人のようなカンナ。二人は正に凸凹コンビだ。

カンナは言葉を選ぶように、こう返した。

「ミカゲ君は、俺の恩人で……大切な人」

「大切な人……」

「俺がこうしていられるのは、ミカゲ君のお陰だから。……おねーサンには、そういう相手はいないわけ？」

「恩人で大切な人、か……」

記憶の糸を手繰り寄せるマツリカの脳裏に、そよ風のような声が過ぎった。

可憐で神聖な、一輪の雛菊。荒くれ者だったマツリカを導いた、恩人にして親友を思い出す。

「そうね……。高校生の時——」

マツリカがそう言いかけた、その時だった。

「二人とも、止まって」

ミカゲが立ち止まる。マツリカは真意を尋ねる前に、言わんとしたことを察した。

生臭さが、マツリカの鼻をついたのだ。

「まさか……」

ずる……べちゃ……と湿った足音がする。どぶのような臭いに、マツリカは鼻をもがれそうだと思った。

カンナはナイフを抜き、マツリカをかばうように前に出る。マツリカはハッとして、彼らの手を煩わせないように後退し、姿勢を低くした。

マツリカの手が震え、辺りを照らす光が揺れる。三人の進路の先に、巨大な影があった。それはおぼろげなシルエットだったが、近づくにつれて、全容が鮮明になってきた。

車両の高さをゆうに超える巨体。その持ち主は、蛙だった。

いや、蛙に近い生き物だと言った方が正確か。マツリカは未だかつて、こんなに大きな蛙を見たことがないし、聞いたこともなかった。

まさか、異形とやらが実在していたとは。

巨大蛙の濁った眼(め)が、それ自体が独立した生き物のようにぎょろぎょろと動く。

ひきつった声が漏れそうになるが、マツリカは無理やり呑み込んだ。

刺激してはいけない。異能使い二人の仕事を邪魔しないためにも、自分は気配を殺さなくてはいけない。

（私は自動歩行懐中電灯、私は自動歩行懐中電灯）

マツリカは自らに暗示をかける。

話には聞いていたものの、やはり、目の当たりにすると恐ろしい。あの巨大蛙が飛び掛かって来たら、自分なんてぺしゃんこになってしまうだろう。今すぐ逃げ出したいと後ずさりそうになる足で、大地を踏みしめた。

「巨大化したガマガエルか。何らかの研究の、成れの果てといったところかな。可哀想に。地下鉄のトンネル内は湿っているからね。居心地が良かったのかも」

ミカゲは、巨大蛙を眺めながら冷静に言った。

「カンナ君、視(み)える？」

「ああ」

カンナは巨大蛙を見やったまま、静かに頷いた。そこに先ほどまでの軽薄さは見当たらない。

「それじゃあ、君を主体に戦おうか。僕が彼の動きを止める」

「頼んだよ、ご主人サマ」

カンナは、冗談っぽく応じた。

二人のやり取りは、それだけだった。カンナは姿勢を低くして、照明が作る影へと潜り込む。

一方、水音をさせながら歩み寄って来た巨大蛙は、マツリカ達の姿を捉えるなり、人間の大人を丸呑み出来そうなほどの口をがぱっと開けた。

「伏せて！」

ミカゲがマツリカに叫ぶや否(いな)や、巨大蛙の舌が彼女目掛けて伸ばされる。マツリカはそれを伏せてかわすほどの瞬発力はなく、大砲のごとく伸ばされた舌が直撃した。

「……っ！」

だが、マツリカは押し流されつつも、無傷だった。

「ふぅ……、危なかった」

「へぇ」

彼女の様子を見て、ミカゲが微笑を浮かべる。マツリカは、巨大蛙の舌を鞄(かばん)で受け止めていた。万が一に備えて、鞄の中に鉄板を仕込んでいたのだ。

まさか、学生時代のチーム同士の喧嘩殺法が役に立つとは。

「地下の中の蛙のくせして、なめんな！」

　マツリカは歯を食いしばって、巨大蛙の舌を弾き飛ばす。

　動揺したように舌を引っ込める巨大蛙に向かって、ミカゲは外套の下に忍ばせていたステッキを抜いた。

　その時マツリカは、ミカゲの左頬に何かが光り輝くのに気付いた。それは、陽が欠けた太極図のようであり、蹲る胎児のようにも見えた。

「我が血盟により従え、大地を支えるアトラースの拳よ。汝の助力により、我が障害を捕らえん」

　歌うように唱えたのは、呪文だろうか。ミカゲが唱えた瞬間、マツリカは大地が小刻みに揺れるのを感じた。安全靴越しに、膨大なエネルギーが集まるのが分かる。

「――おいで、愛してあげる」

　ミカゲが愛を囁くと同時に、それらがミカゲに集中した。巨大蛙は得体の知れない危機感を覚えてか、ミカゲに突進しようとした、その時であった。

「哀れな傀儡に束縛を。――『地脈決裂』！」

　ずんっと、地下全体が揺れたかと思うと、大地に大きな亀裂が入る。それは見えない力であっという間に崩壊し、線路もろとも巨大蛙の足場を崩した。

「これは、魔法……？」

マツリカは、目を疑った。

これが、ミカゲの異能だというのか。魔法としか言いようがないそれに、マツリカは息を呑む。

苦悶の声をあげる巨大蛙の下半身は大地に囚われ、あっという間に身動きが取れなくなった。その頭上に、影が舞い降りる。

「悪いね。恨みはないんだけど、迷惑してる奴がいるからさ」

カンナだった。彼はいつの間にか闇に紛れ、巨大蛙に接近していたのだ。

「あっ……！」

マツリカは思わず声をあげる。

カンナのナイフの切っ先は、巨大蛙の額を狙っていた。そこには確か、チップが埋め込まれているはずだ。

しかし、カンナのナイフは無情にも巨大蛙の額を切り裂き、その中から何か小さな物体を摘出する。その途端に、巨大蛙は断末魔の叫び声をあげ、轟音をあげながら割れた地に呆気なく伏した。

あっという間に、全てが終わった。

「やれやれ。流石はカンナ君。視界が悪いと、『暗殺』の異能が輝くね」

ミカゲの左頬に浮かんでいた図形は、いつの間にか消えていた。そして、カンナの

首筋にも何かが光っていたように見えたが、瞬(まばた)きをしているうちに消えてしまってい
た。

「ミカゲ君の、『元素操作』のサポートがあっての結果だけど」

カンナは、何ということも無いようにひらりと手を振る。

「っていうか、レールがヤバくない？」

カンナは、改めて目の前の惨状を目にして顔を引きつらせる。割れた大地は巨大蛙
を捕らえていた。レールを巻き込みながら。

「僕達の使命は討伐だからね。後処理は依頼主の仕事じゃないかな」

ミカゲはあっけらかんとしていた。カンナは、「やっぱ、ヤバいわ」と苦笑する。

一方、マツリカは勝利の余韻に浸る余裕すらなかった。

秘密裏に受けた使命のターゲットは、今、カンナの手の中にあった。対象を討伐し
たのを確認して、こっそりと回収しようと思ったのに。

「あの」

マツリカは、自らの目的が悟られないように平静を装いつつ、彼らに歩み寄る。

「お疲れ様。無事に依頼が完遂出来て、本当に良かった」

「君も無事で何よりだよ。異能を持たぬ身で無傷でいられるとは、大したものだね」

「それはどうも……」

ミカゲの称賛は有り難かったが、マツリカは気が気ではない。彼女はミカゲに笑顔を返し、カンナへと向き直った。

「あの、カンナ……君。その手に持ってるの、私が貰っていいかな」

「別にいいけど？　なんかのチップみたいなんだよね。額に埋め込まれてたコレが、弱点だったみたい」

カンナはマツリカに手渡そうとする。しかし、ミカゲの手がそこに割って入った。

「ミス・エージェント」

「は、はい……！」

「これは僕達の取得物だ。君にどうこうする権利は、ないんじゃないかな」

「そ、それは……」

「いや、別によくない？　こんなの、何に使うわけ？」

カンナは、訝しげな顔でミカゲとマツリカを交互に見やる。しかし、ミカゲはマツリカから目を離さず、マツリカもまた、ミカゲから目を離さないままだった。

「関係あるんだよ、カンナ君。今回の依頼を受けた理由、思い出して」

「それは、俺にこっちの世界に慣れさせたり、単純に、この力で何かの役に立てればって――」

「それもあるけれど、過去に関わった事件のにおいがするって、言ったよね」

それを聞いたカンナは、ハッとする。

「過去に関わった事件……？」

マツリカが疑問を浮かべていると、「そう」とミカゲは頷いた。

「このチップには見覚えがある。製造したのは、五年前に壊滅した地下組織だ。表沙汰になることなく、ある異能使いが率いる者達によって存在を抹消された」

「地下……組織……」

きな臭さが漂ってきた。マツリカは額に汗が滲（にじ）み、胃酸が込み上げて来るのを感じた。

何故（なぜ）、カイネはそのチップの存在を知っていたのか。そして、何故、彼は回収を命じたのか。

「その組織って、どんなものだったわけ？」

カンナは問う。ミカゲは、静かに答えた。

「人工的に異能使いを造ろうとしていた。異能は本来、大きな代償を払って手に入れるものだけど、それらのコストを払わずに異能が使えるようにしようとしていたのさ」

「は？」

カンナは露骨に表情を歪める。

「……それ、成功したわけ？」

「成功する前に潰されたからね。非人道的な実験をしていたからね。それが、僕の知っている情報さ」

その組織が壊滅した際、実験によって生み出された多くの怪物が地下に解き放たれてしまった。大半は事件にかかわった異能使いに駆除されたが、何故かあまり減った様子もなく、未だに蠢いているもの達がいるのだという。

「そのうちの一つが、あの巨大な蛙……」

マツリカは、物言わぬ肉塊となった巨大蛙を見やる。ミカゲは静かに頷いた。

「様々な悪夢が解き放たれたけど、その中に希望があった。それは『パンドラボックス』と呼ばれている。僕は、それの行方を探っている」

「『パンドラボックス』……。それって、どういう……」

「どんな姿をしているか分からない。残念ながら、その存在は噂でしか知らなくてね」

だけど、とミカゲは続ける。

「『パンドラボックス』は、どんな願いも叶(かな)える力があると言われている。誰もが喉から手が出るほど欲しがっているんだ」

「どんな、願いも……」

果たして、そんなに都合のいいものがあるのだろうか。しかし、魔法にしか見えないミカゲの異能や、モンスターにしか見えない巨大蛙も目の当たりにした後では、何が存在していてもおかしくないとマツリカは思った。

「僕は、その『パンドラボックス』を探している。手中に収めるためには、どんな手段も用いるし、邪魔をする者がいたら排除しなくてはいけない」

ミカゲの顔からは、いつの間にか笑みが消えていた。

彼は、ぞっとするほど冷たい目をしている。彼の深紅の瞳には、深淵(しんえん)のように深く、混沌(こんとん)よりも淀(よど)んだ感情が渦巻いているような気がした。

自分が彼から感じた得体の知れなさと、カンナが言っていたヤバさが真実味を帯びる。

カンナもまた、相方の冷徹な眼差しに、息を呑んでいた。

「……これ、どうするわけ……？」

チップを手にした彼は、辛うじてそう言った。

「彼女に渡していいよ」

「いいの……？」

あっさりとチップの所有権を手放したミカゲに、カンナは不思議そうに問う。

「彼女の目を見て分かった。本当の目的は、チップの方だということがね。それも、彼女の背後にいる人物からの命令だろう。僕としては渡したくないけれど、彼女を困らせたくもない」

「紳士的なお気遣い……どうも」

マツリカは、カンナからチップを受け取る。

最早、生きた心地がしなかった。慣れないことの連続と、彼らに少し心を開いたせいで、見透かされる隙を作ってしまったことに。

それにしても、カイネが、地下組織が開発しているチップの存在を知り、回収したがっているということは——。

「君は聡明そうだから、もう分かるね。君の背後にいる人物は、警戒すべき相手だということを」

ミカゲの言葉が、頭の中に反響する。

「チップを渡す代わりに、君の力を借りたい。君の背後にいる人物について知りたいんだ。僕には、何が何でも『パンドラボックス』が必要だからね」

ミカゲは優しく微笑むが、その目は全く笑っていない。獲物を前にした獣のようだと、マツリカは思ったのであった。

T O K Y O P H A N T O M P A I N

File.02

迷走、或いは停滞

一度、冷静になって考えたい。

マツリカの申し出を、ミカゲは快く受け入れた。

彼らは一旦解散し、翌日、『喫茶　カグヤ』で待ち合わせることにした。

「異能使い……パンドラボックス……」

ワンルームマンションの一室にて、ベッドに仰向けになったマツリカは、常夜灯が照らす見慣れた天井を見つめていた。

深夜だというのに、玄関の向こうから足音が聞こえた。咄嗟に身構えてしまったが、足音は通り過ぎ、鍵を回して扉を開く音が聞こえて来た。どうやら、同じフロアの住民が、夜遅く帰って来たらしい。

「……はあ」

マツリカは溜息を吐いた。

ほんの少し前なら、こんなことで緊張したりしなかったのに。

この先も、こうやって緊張の連続なのだろうか。

「まさか、こんなことになるなんてね」

マツリカは、なんとなしに呟く。視線は、本棚の上に飾られた写真立てに向けられていた。

そこには、世の中全てに因縁をつけているとしか思えない目つきの、学生時代の自分が写っていた。それこそ、目を背けたいものの一つであったが、かつてのすさんだ自分の隣には、当時の自分と同じくらいの年齢の、美しい女性が寄り添っていた。

「あなたがいたら、こんなことになってなかったのかな」

マツリカは、春の陽気のような微笑を湛える女性に問う。

彼女の名は、弥勒院ヒナギク。マツリカの高校時代の友人だった。

品行方正なヒナギクは、非行女子だったマツリカとは不釣り合いな相手だった。しかし、ヒナギクはことあるごとにマツリカのもとにやって来て、過ちを諫め、手を差し伸べて導いてくれた。

真っ当な大学に入学し、真っ当な就職先に行けたのは、ヒナギクのお陰だった。

尤も、上司は真っ当ではなかったが。

マツリカは、すっかり冴えてしまった目で、自分の右手を見つめる。女性にしては少し大きく、筋張った手だ。拳を握れば、自然と右腕の筋肉が締まるのを感じる。

高校生の頃までは、その拳一本で何とかなると思っていた。しかし、ヒナギクはそうでないと諭してくれたし、東京の大学に入って世間をそれなりに知ってからは、ヒナギクの言う通りという実感があった。

それなのに、またこの拳を使う時が来るなんて。

上司は拳で沈められたが、異能使いはどうだろうか。彼らの顔を思い出してみたが、皆、一筋縄ではいかなそうだ。

「私は……どうすればいいんだろう」

チップは今、ピルケースの中に保管してある。カイネは、もう後戻りは出来ないと言っていた。

では、進むしかないのか。

「こんな時に、あなたがいてくれたらよかったのに」

マツリカは写真の中の友人に言った。大学は違っていたが、それでも頻繁に会っていた。しかし、就職活動を始める頃には、彼女と連絡が取れなくなっていた。忙しいのかもしれない、と返信を諦めてしまった。

マツリカは瞼（まぶた）を閉ざして思う。

今、あなたは何処にいるのかと。

翌日、マツリカは人目を避けるように、池袋の街外れにある喫茶店『喫茶　カグヤ』へと向かった。

「おう。いらっしゃい」

髭面のマスターが、明るい笑顔でマツリカを迎える。マツリカもまた、「どうも」と笑顔を返した。

開店直後なので、客は一人もいない。マツリカはブレンドコーヒーを注文した。

いっそのこと、このままあの二人が来なければいいのにと思いながら、ドリップ式のコーヒーを入れるマスターの手元を見つめていた。

「再就職したんだって？」

マスターの問いに、「えっ、何故それを!?」と目を丸くしてしまった。

「お友達から聞いたんだよ。おめでとさん。これ、俺からのお祝いだ」

マスターはウインクをすると、淹れ立てのコーヒーにチョコレートを添えてくれた。

マツリカも知っている、ちょっといいブランドのチョコレートだ。

「有り難う……御座います」

マスターの気遣いが心に染み入る。これで、まともな就職先だったらもっと喜べたのに。

そう思っていると、喫茶店の扉が開いた。マスターは反射的に「いらっしゃい」と笑顔を向けるが、一瞬だけ、その表情が強張るのをマツリカは見逃さなかった。

来てしまったか。

和やかな喫茶店の雰囲気が一変し、張り詰めた空気が漂った。濃厚な薔薇の香りが鼻を掠め、日常から非日常へと引きずり込まれる。

振り返らなくても分かる。ミカゲと、カンナだ。

「……昨日も一緒だったが、仕事の関係か？」

「そっか……。あんまり危ないことするなよ」

マスターは声を潜め、こっそりと尋ねる。マツリカは静かに頷いた。

マスターの気遣う一言が、今のマツリカには嬉しかった。しかし、それに甘えることは出来ないのだというのを薄々勘付いていた。

マツリカは覚悟を決めて振り向く。入り口にはやはり、ゴシック調の黒衣を纏ったミカゲと、赤髪のカンナが佇んでいた。

ミカゲはマツリカと目が合うなり、恭しく一礼する。その隣でカンナは、「どーも」と軽く右手を挙げた。相変わらず、対照的な二人だった。

「お二人さん、何にする？」

マスターが声を掛けると、二人は手近な席にあったメニューを見やる。

「おや。昨日は気付かなかったけど、クリームソーダがあるんだね。ほら、ご覧よ。懐かしいと思わないかい？」

「俺はその感覚分からないからね、ミカゲおじさん」

　ミカゲに小突かれたカンナは、呆れたように肩を竦める。外見だけなら、ミカゲはカンナより年下で、成人すらしていないように見えるが、雰囲気が醸し出すように、ミカゲの方が年上なのだろうか。

　それにしても、実は百歳を超える長寿だと言われれば納得するが、おじさんという響きは妙に生々しくミスマッチで、マツリカはそのシュールさに思わず顔を綻ばせた。

　それに気づいたミカゲは、わざとらしく溜息を吐く。

「カンナ君、レディの前でおじさん扱いはやめてくれないかな。格好がつかないじゃないか」

「女の子の前でそういうのを気にするのもおじさんだし。――あ、マスター。俺はジンジャーエールね」

　カンナはマスターにひらひらと手を振り、手近な席に座ろうとした。それを、ミカゲの陶器のような手が制止する。

「レディファーストだよ」

「はいはい。分かりましたよ、ご主人サマ」

　カンナは投げやりにそう言って、「どーぞ」とマツリカに席を促す。

「おっと、ごめんなさい。気付かなくて」

マツリカはコーヒーカップを手に、慌てて席に着く。「気にしないで」と紳士然とした笑みを浮かべつつ、ミカゲが腰を下ろし、カンナはそれに続いて腰かけた。

ミカゲは、テーブルの上にあったシュガーとミルクを勧めようとするが、マツリカは「大丈夫」と丁重に断った。

「私はブラック派なの。そっちの方が、気合が入るから」

「分かる」と答えたのはカンナの方だった。

「それに加えて、俺はエスプレッソくらい濃い方がいいかな。その方が、豆の味がよく分かるじゃん？」

「あなた、コーヒーにこだわりが？」

マツリカは、意外だなと思いながら尋ねる。カンナのことを、大雑把(おおざっぱ)な若者だと思っていたのだ。

「コーヒーにこだわりっていうかさ。何でも味を楽しんだ方がよくない？　これの何処がいいとか、好みはこういうのとか、話のネタになるでしょ」

「それは僕も同感だね」

ミカゲは、カンナに同意した。どうやら、コーヒーにこだわりがあるというよりは、コミュニケーションを楽しむためのツールにしているらしい。

「で、おねーサンは気合が入るのが好きなわけ？」

可笑(おか)しそうに尋ねるカンナに、「ええ、まあ」とマツリカは頷いた。

「苦いのとか辛いのを、よく食べるかな。ゴーヤチャンプルーとか、四川麻婆(しせんマーボー)とか」

「いいね。四川麻婆、俺も好きなんだよね。——ミカゲ君、今度作ってよ」

カンナがミカゲに話を振ると、ミカゲは苦笑した。

「僕は辛いものが苦手でね。そんなに好きならば、君が作るといい。厨房は貸してあげるし、君が作ってくれたものなら喜んで食べるよ」

「……デパ地下の総菜買って来るわ」

カンナは、料理をするのは無理と言わんばかりに、目をそらす。そんな二人の様子を眺めていたマツリカは、思わずくすりと笑みを零した。

「依頼の時も思ったんだけど、あなた達、仲が良いのね」

マツリカの言葉に、ミカゲとカンナは顔を見合わせる。「ま、それなりには」とカンナが謙遜まじりで肩を竦めた。

そうしているうちに、マスターがクリームソーダとジンジャーエールを持って来てくれた。クリームソーダには真っ赤なサクランボが載っていて、ジンジャーエールにはスライスされたジンジャーがふんだんに入れられていた。

ミカゲのスプーンがクリームソーダをゆるくかき混ぜ、アイスを少しずつ溶かしていくのを眺めながら、マツリカは続ける。

「昨日の連係も、息が合ってて凄いなと思って。あなた達は、いつもあんな相手と戦っているの？」

「昨日のケースは稀かな。僕達と同じ異能使いと衝突することはしばしばあるけど」

ミカゲは、充分に柔らかくなったアイスをスプーンで掬い、口へと運んだ。口が開いたその一瞬、異様に鋭い犬歯がちらりと見えた気がした。彼が吸血王子と呼ばれていたことを思い出し、マツリカは思わず息を呑む。

「異能使いが暴走して異形化することはあるけど、動物由来の異形と対峙することは少ないよね」

カンナもまた、ジンジャーエールをストローで啜りながら頷く。

「そう……。あれは異能使いの世界でも、特殊な例なのね……」

「寧ろ、僕達の世界の副産物と言ってもいいだろうね」

ミカゲは、唇からスプーンを離しながら言った。

「副産物……。人工的に異能使いを造ろうっていう……」

「そういうこと。よく覚えていたね」

子供を褒めるかのように、ミカゲはにっこりと微笑んだ。

しかし、その笑みもすぐに消える。ミカゲはマツリカの顔を覗き込むように、質問を投げかけた。

「単刀直入に聞きたいんだ。この件から、手を引く気は？」

「……手を引ける状況じゃないと思ってる」

「賢明だね。……確かに、君は色々と、知り過ぎてしまった」

「気付いたら、そうなっていたわ」

大きな濁流に流されるように、マツリカはあっという間に裏社会へ引きずり込まれていた。

「それに対して、後悔は？」

「あるけど、進むしかないでしょ？」

マツリカは、自分でも驚くほど冷静に答えた。「その通りだ」とミカゲは頷く。カンナは黙ってジンジャーエールを啜っていたが、事の成り行きを慎重に見守っているようだった。

「君は、今の状況を冷静に分析するだけの判断力があるようだ。安心してその先を話せるし、場合によっては、君を守ることも出来る」

「私を守る？」

「もし、君が関わった裏社会の一切を捨てて、何事もなかったかのように暮らすことを望むのであれば、その支援をしたいということさ」

「まさか……」

そんなことが出来るわけがないと思うものの、ミカゲの左目は真摯にマツリカを見つめていた。

何事もなかったかのように暮らす。それは、望んでも手に入らないものだと思っていた。ただ、進むしかないと思っていた。

手に入らないと思ったものを、この青年は叶えてくれるというのだ。だが――。

「条件があるんでしょう？」

「勿論」

ミカゲは微笑む。マツリカは、交渉のテーブルにつかされているのだ。

「僕は、君の力を借りたい。是非とも、『アリギエーリ』の社長に会ってみたいんだ」

（カイネに、会う？）

彼は今、あの堅牢な植物園の中で、マツリカの出社を待っているだろう。いいや、寧ろ、彼が求めているのはチップの方か。

「君はどうやら、入社したてのようだ」

ミカゲは、品定めでもするかのようにマツリカを見つめる。図星であったが、マツリカはこれ以上ミカゲに情報を渡すのが恐ろしくて、黙っていた。

しかし、ミカゲは構わずに続ける。

「君が入社をしたタイミングと、僕達が、仕事を探している異能使いとして『アリギエーリ』にコンタクトを取ったタイミングは、重なるんだ。これは、何を意味しているか分かるかな？」

マツリカは、カイネに声を掛けられて『アリギエーリ』にやって来た。そして、ミカゲとカンナと接触する仕事を、カイネが選んでくれた。

カイネは、マツリカが来る前から『アリギエーリ』で仕事を引き受けていたはずだ。他に社員はいなかったし、その時は、仲介人はどうしていたのか。

（恐らく、使っていなかったか、彼自身が出向いていた……）

マツリカのような人材は、本来ならば必要なかったのではないだろうか。しかしカイネは、急遽、異能使いでもないマツリカをスカウトした。

状況から察するに、ミカゲとの接触を避けるために。

カイネはミカゲを知っていた。それは伝聞の類ではなく、彼の目で確かめたことではないだろうか。

「何かに、気付いたみたいだね」

ミカゲが微笑む。マツリカは、答えなかった。

「君がどうするかは、これから話すことから判断して欲しい。僕は、君の意思を尊重したいからね」

少なくとも、ミカゲは対等な立場でマツリカに選択をさせたいらしい。この油断ならない相手がフェアなやり取りを望んでいることに安堵しつつも、これからミカゲが話す内容を、果たしてちゃんと忘れられるか不安になりつつ、耳を傾けたのであった。

ミカゲは、マスターに聞こえないように声を潜めながら、件の地下組織について話し始めた。

地下組織の名前は、『方舟機関』というそうだ。

彼らは、彼らの理想のために一般人を異能使いにしようとしていた。しかし、そのためには手段を選ばず、非人道的なことも行っていた。そこで、それを良しとしない時任総一郎という人物が同志の異能使いを率いて、機関を殲滅したのだ。

だが、実際には、機関の生き残りが散り散りになって、今も何処かに潜伏しているらしいという。

「その……『方舟機関』は、どうして一般人を異能使いにしようとしたの？」

マツリカは、恐る恐る問う。

「人間を進化させるためさ」

「進化？」

ミカゲの答えに、マツリカは目を丸くする。カンナは事前に聞いていたのか、眉をひそめただけだった。

「遠くない未来、終末が訪れるという予言をした者がいてね。それ自体は眉唾ものだけど、従来、終末は唐突にやって来るとされているものさ」

巨大な隕石（いんせき）が地球に飛来するかもしれないし、世界規模の戦争が勃発するかもしれないし、気候が変動したり、疫病（えきびょう）が流行（はや）ったりするかもしれない。地球の長い歴史を見れば、いつ何時、何が起こってもおかしくなかった。

「今の人間は、文明に依存している。文明が失われたら、人間はあっという間に滅んでしまうというのさ」

「……スケールが大き過ぎて、いまいち実感が湧かないけど、確かに、インターネットが無くなったら不便だし、電気が無くなったら何も出来ないわね」

それは、嵐や地震などの災害が発生した時に実証されていた。だが、災害が発生しても、発生していない地域から支援を受けることは出来る。地球規模で災厄に見舞われれば、それすらも叶わないというのだ。

「今の人類は文明に依存していて脆弱（ぜいじゃく）だ。だから、終末に生き残るために強くなる必要がある、と。それが、機関の主張さ」

「……それで、一般人を異能使いに？」

「そう。まあ、少なくとも僕の異能があれば、火打石を使わなくても火を起こせるし、カンナ君の異能を工夫すれば、気配を殺して近づき、野生の動物を狩猟することが出来る」

「その発想はなかったわ……」

話を聞いていたカンナは、ジンジャーエールを口にしながら呟いた。

「文明が失われたら、狩猟は君に任せるよ。僕は調理をするから」

ミカゲは、しれっと言う。

「確かに、あなた達なら、世界が原始時代に戻っても生き延びられそうね……」

「だけど、僕達のような異能使いは、常にリスクを背負っている。君には、異能を発動させる度に、代償が必要なことを教えておけばいいかな」

「代償……？」

鸚鵡返し(おうむがえ)しに尋ねるマツリカに、ミカゲは頷いた。

「中には、言うのも憚られるものがある。僕なんかは、正にそれでね。そもそも、僕達は過ちを犯したがゆえに、異能使いになったんだ」

「生まれながらにして異能使いではなかったということ？」

「そう。少なくとも、僕達はね」

ミカゲは、カンナと自分を指す。気まずそうな表情で、カンナは頷いた。

「……過ちって、どういうこと？」

「人の道を外れる行為さ。罪を犯して罰を背負った者は、『咎人（とがびと）』になり、異能を得る」

「トガビト……」

「相応の罰も受けることになる。僕達は、そういう存在なんだよ」

ミカゲは、相変わらずの微笑を湛えながら、血塗られたような瞳でマツリカのことを見つめる。カンナもまた、血染めの赤髪を揺らしながら、そっと顔をそむけた。

カンナの過ちというのは、彼がヒトゴロシと称したものだろう。ではミカゲは、どんな過ちを犯したのだろうか。

（……とてもじゃないけど、聞けないかな）

この二人の雰囲気が、やけに浮世離れしている理由が分かった。

彼らはもう、人の道から外れているのだ。マツリカが見たことがない世界に足を踏み入れ、マツリカには理解出来ないものを知っているのだ。

「僕達の罪の証（あかし）を、君も見たはずさ。僕のここに浮かんだ印こそ、咎人である証明なんだよ」

ミカゲはそう言って、自らの左頬を指し示した。マツリカは、異形討伐の時に見た不思議な図形を思い出す。あれこそが、彼らの言う罪の証だったのか。

「そう……なのね」

「おや、深く詮索はしないのかな」

話題を拡げようとしないマツリカに、ミカゲは意外そうな声をあげた。

「だって、知られたくないことの一つや二つ、誰にだってあるでしょう？　今の私に必要な情報なら、あなたはくれるだろうし」

「君が賢い女性で助かるよ」

ミカゲはにっこりと微笑んだ。

マツリカもまた、彼らほどではないが、知られたくないことを抱えていた。それを探られることを考えれば、彼らの秘密を暴こうとも思えない。

「兎に角、罪を犯して罰を背負わなくては、『咎人』——即ち、異能使いにはなれないのさ。しかも、全ての罪人が異能を覚醒させるわけではないからね。相応の、強い意思や因縁がなくてはいけないんだ」

「罪を犯させずに、罰を背負わない異能使いを作ろうとした、ということ……？」

「その通り」

ミカゲは、深く頷いた。

「そのために、異能使いを随分と集めたようだけどね。しかし、異能使いの大半は、目的を成就させるための手駒に過ぎなかったのさ」

「……それ、酷（ひど）い話ね」

「まあ、彼らは罪人だけどね」

「それでも、誰かが利用していい理由にはならないでしょ？」

「その通りだよ、ミス・エージェント。君は、慈悲深い思想を持っているようだ」

「……私も、素行が良くなかっただけ」

慈悲ではなく共感なのだと伝えるその言葉に、ミカゲは微笑を浮かべるように目を細め、カンナは目を瞬かせた。

「そ、その、私のことは別にいいから」

「個人的に気になるところだけど、その通りだね。話を進めようか」

ミカゲは、機関の姿勢を良しとしなかった時任とともに、機関の本部に乗り込んだメンバーの一人だという。思想に同意したというよりは、彼とは師弟関係だったため、連れ出されただけだとミカゲは付け足す。その突入した過程で、或るものの存在を知ったのだ。

「『パンドラボックス』と呼ばれるものさ」

ギリシャ神話の『パンドラの箱』が由来だろうと、ミカゲは言った。

パンドラという女性が、災いが入っていた箱を開けてしまい、災いを世に放ってしまった。しかし、箱の中には希望が残っていたという話である。

「どうやら、組織の中枢の人間しか関わっていないプロジェクトのようでね。捕らえたメンバーを尋問しても、大した情報は得られなかった。ただ、『願いを叶える万能なシステム』だということしか」

「願いを叶える……万能なシステム……？」

それは、願望を持つ者にとって、希望となり得るものということだろうか。

「その存在を知っているのは、組織に突入した異能使いか、組織の一部の人間だけなんだ。そして、昨晩、君が遭遇した異形も、回収したチップも、『パンドラボックス』に通じているだろうと僕は踏んでいる」

やはり、とマツリカは思った。

カイネがミカゲとの接触を避けていたというのが本当ならば、二人は顔見知りである可能性が高い。それも、かつて敵対関係であった可能性が。

つまりは、カイネは地下組織『方舟機関』の人間ということではないだろうか。

「あなたは……、何故、『パンドラボックス』を？」

動悸(どうき)を必死に抑えながら、マツリカは問う。ミカゲは、ややあって答えた。

「野放しにしておけない、というのが表向きの理由さ」

「本当の理由は……？」

マツリカは、遠慮がちに尋ねる。

すると、ミカゲの表情が、ふと変化した。温厚な紳士然とした微笑が崩れ、その瞳に哀（かな）しげな色が浮かぶ。

「僕も、叶えたい願望があるんだよ。喪（うしな）ったものを、取り戻すとかね」

「喪ったもの……」

それは何か。マツリカは尋ねたいと思うものの、ミカゲの弱々しい表情がそれを阻む。触れたら壊れてしまいそうなほどの繊細さを前に、マツリカは込み上げて来た疑問を無理矢理呑み込んだ。

その頃には、ミカゲの儚（はかな）さが消え、紳士の表情に戻っていた。

「そういうわけで、僕も全力で本件に取り組みたくてね。君が雇い主を紹介してくれれば、僕の方で君を守ろう」

「どうして、雇い主を……？」と念のため尋ねる。

「僕が欲しい情報を持っているかと思って」

ミカゲは微笑む。その、底知れぬ笑みに、マツリカはぞっとした。彼の言葉には、様々な意味が含まれているようにも思えた。場合によっては、尋問も辞さないと言わんばかりだ。

「それが無理なら、チップを渡してくれるだけでもいい。悪い条件ではないと思うけど」

悪い条件ではない。

二度と戻れなかったと思っていた普通の生活が、いずれかをミカゲに引き渡すことで取り戻せるのだ。

「私は……」

口を開くと、声は嗄れていた。喉がやけに渇き、張り付くような錯覚にとらわれる。

ミカゲは、悠然と答えを待っていた。その横で、ジンジャーエールを飲み終えたカンナは、気まずそうに目をそらしていた。

「私は──」

マツリカは身を乗り出し、こう答えた。

「あなたには悪いけど、情報もチップも渡せない」

言い終えたマツリカは、思わず口を覆った。それは、自分でも予想していなかった答えだった。

ミカゲは、笑顔だった。表情を少しも変えずに、「そう」と答えただけだった。

「それならば、仕方がないね。一先ずは交渉決裂、かな」

ミカゲは、わざとらしく残念そうに肩を竦めると、すっかりアイスクリームが溶けたメロンソーダを啜った。

「そ、その……ごめんなさい」

「何故謝るんだい？　それが君の意思なら、仕方がないことだから」

ミカゲは鉄壁の微笑で答える。マツリカは針の筵（むしろ）に座らされているような錯覚に囚われ、胃がねじれるように痛くなった。

その後、ミカゲはマツリカのコーヒー代も支払おうとしたが、マツリカは無理矢理自分の分を支払い、逃げるようにカイネのもとへと向かった。

そんな彼女の背中を見送ったミカゲが、カンナに目配せをしたことを知らずに。


マツリカの両親は、共働きだった。

朝早く仕事へ行き、夜遅くに帰って来る。マツリカは一人で留守番することが多く、幼稚園や小学校の行事も一人でいることが多かった。

何をするにも、「そんなの自分で考えなさい」と言われ続けた。

その結果、マツリカは大人が信じられなくなり、反発するようになった。拳が全てを解決すると思い始めたのも、その頃である。

自分の道は拳で切り開けばいい。そこで反発するものがいれば、殴り倒せばいい、と。

だが、彼女に迷いがなかったわけではなかった。

これでいいのかと自問自答する高校生だった彼女の前に、聖母が舞い降りた。

「マツリカちゃんは、強いのね」

いや、聖母のごとき慈愛を湛えた、同年代の少女——弥勒院ヒナギクだった。ゆるくウェーブがかかった亜麻色の髪を風になびかせて微笑んでいる様子は、自分がいる世界とは別の世界の出来事のように思えた。

彼女の手足は華奢で、握り締めたら折れてしまいそうなくらいだった。だがマツリカは、彼女には絶対に敵わないという直感が働き、ただただ、圧倒された。

何故、彼女が非行に走っていたマツリカに話しかけて来たのかは分からない。しかし、二人は自然と、一緒にいることが多くなった。

「どうして、マツリカちゃんはいつも険しい顔をしているの？」

河川敷のベンチに腰かけたヒナギクが、隣に座っているマツリカに問う。

「……世界に置いて行かれそうだから」

「世界に？」

「世界は、私達がこうして休んでいる間も動いている。しがみつくのに必死で、今にも振り落とされてしまいそうだから」

眠っている間にも、誰かが動き、世界の全ては少しずつ進んで行く。少なくとも、マツリカはそれを実感していたし、拳一つではどうにもならないことを自覚していた。

「定期試験の順位も、何もしなければあっという間に落ちちゃうし。それって、私が勉強していない間にも他の人は勉強して、順位を上げてるってことじゃない？」

「そうね！　マツリカちゃん、喩えが上手！」

ヒナギクは、長い睫毛（まつげ）が生えた双眸（そうぼう）を可愛らしく見開き、マツリカを賞賛する。そんな彼女に、マツリカは苦笑した。

「あんたもそのうちの一人だからね。……いや、元々私の上にいたし、住んでる世界が違うから、一緒にするのも失礼か」

「そんなことないよ！」

ヒナギクは即答した。

「私も、マツリカちゃんと同じ世界に住んでるよ！　それに、マツリカちゃんが頑張れば、私を追い抜かすことだって出来るってば」

「……でも、勉強って意味あるの？」

マツリカの口から、つい、常日頃から感じていた疑問が漏れる。

「勉強が出来ても、ちゃんとした大人になるとは限らないでしょ。子供の面倒を見るのが親の役目だって言われてるけど、それすら出来ない人もいるし」

両親のことを思い出す。彼らはどうやら、勉強は出来たらしい。しかし、マツリカの目から見れば、子供のことを碌（ろく）に構わない両親失格の駄目人間だった。

「意味があるものに出来るか出来ないかは、その人によるんじゃない？」

ヒナギクの答えに、マツリカはハッとした。

「学校で教えてくれるのは、世の中の本当に基本的なことなんだと思う。それを知っていても活かせない人もいれば、応用出来る人もいる。でも、知らなかったら応用も何も出来ないもの」

「活かせるかどうかは、その人次第……」

「そう。だから、意味があるものにすればいいんじゃない？　知らないよりは、知ってた方が良いことの方が沢山あるし。それに、知識があれば、無知な人間を騙そうとしている大人から、身を守れるもの」

「その考えは、無かったな……」

目から鱗だった。

そんなマツリカに、ヒナギクは小さな拳をキュッと握り、控えめなマッスルポーズをしてみせた。

「攻撃も出来るし守りも堅いマツリカちゃんなんて、最強じゃない。とってもカッコイイと思う！」

「そ、そうかな……」

「そうだよ！」

照れくさそうなマツリカに、ヒナギクは力強く頷いた。

「ねえ、マツリカちゃん」

「ん？」

「動く世界にしがみつくんじゃなくて、世界を動かそうよ。迷走している時こそ、踏み出したらいいと思う。そうすればきっと、視界が開けて綺麗な景色が見えるから」

「世界を、動かす……」

マツリカは目を丸くする。そんなマツリカに、ヒナギクは「なんちゃって」と苦笑した。

「それくらいの気概があるといいのかもしれないね」

「うん、そうだね……」

ヒナギクは冗談っぽく言ってみせたが、マツリカにとって彼女の言葉は衝撃的で、雷に打たれたようだった。

それ以来、マツリカは正しく世の中に反抗するために、勉強をした。結果、成績上位のヒナギクを抜くことは出来なかったが、隣に並べるようになったのであった。

あれから、ヒナギクはどうしただろうか。

連絡がつかなくなって久しい。明るい未来を歩き、過去を振り返らなくていいほどの幸福を味わっていればいいのだが。

「私みたいに、迷走してなければいい。それだけね」

　マツリカの中では、様々な迷いと葛藤が渦巻いている。カイネのもとへと真っ直ぐ歩いているものの、心の中では何度も引き返そうとしていた。

　果たして、チップを渡すことが正しいのか。ミカゲらに保護を頼まなくてもいいのかと、もう一人の自分が何度も自身に尋ねる。

「でも、踏み出さないと」

　ヒナギクが言ったように。

『パンドラボックス』のことを知った今、マツリカはカイネのことが気になっていた。チップを求める彼の目的は恐らく、ミカゲと同じ『パンドラボックス』で、叶えたい願いがあるはずだ。では、彼が叶えたい願いとは何だろうか。

　カイネの謎めいた雰囲気の向こうに、一体何が隠されているのだろうか。

（少しだけ、哀しそうな目をしていた気がする）

　カイネの色素が薄い双眸は、穏やかで達観していたが、それと同時に、哀愁と絶望を抱いているような気がした。

　マツリカは、その所為で、カイネを裏切ることが出来なかったのだ。

「……ん？」

ふと、背中にざわつく気配を感じた。

気付かないふりをしながら、先へと進む。ただし、『アリギエーリ』ではなく、近くの立体駐車場へと。

人の気配がする。

非常に希薄で、気配を殺しているのは感じる。喧嘩慣れしているマツリカでなければ、気付かないだろう。

気配は一人分だ。先日のように、複数の男達に囲まれるということはなさそうだ。ならば、何とかなるかもしれない。ならなくても、『アリギエーリ』に乗り込まれることは避けたい。

これは、カイネに対しての忠義と言うよりも、マツリカ自身の矜持だった。

立体駐車場には、幸い、人がいなかった。数台の自動車が停まっているが、人気はない。人を呼べないことはマツリカにとっても不利かもしれなかったが、無関係の人間を巻き込みたくなかった。

「そこに、いるんでしょう?」

マツリカは振り返り、ぎょっとした。

てっきり、相手は物陰に隠れているものだと思っていたが、違っていた。その人物は、隠れもせずに背後にいたのだ。

マツリカは目を疑う。その人物が音もなく佇んでいたことだけではなく、その浮世離れした出で立ちに。

「お初にお目に掛かります。まさか、挨拶をする前にエスコートして頂けるなんて、思ってもみませんでしたわ」

スカートを摘まんで丁寧に一礼するその相手は、若い女性だった。と言っても、マツリカよりもやや年上か。

中世の貴婦人のようなドレスを纏い、手には日傘を携えている。ドレスは若草色であったが、マツリカには自然の中に溶け込む迷彩のようにも見えた。

紅を差した唇で微笑み、温和な表情を浮かべているが、その双眸からは鋭利な刃物のような眼光が放たれており、マツリカは殺気が突き刺さるのを感じる。

「私、アンネローズと申しますの。以後、お見知りおきを」

「ご丁寧に、どうも」

マツリカは、アンネローズと名乗った女性から目を離さないまま、頭を下げる。視界から外すことが、死に直結するような気がしたからだ。

一見すると、中世の名画から飛び出して来たような貴婦人だが、マツリカの目には歴戦の戦士のようにも思えた。そして、マツリカには見通せない闇を抱えているようにも思えた。

誰かに言われずとも分かる。彼女は、異能使いだと。

「で、私に何の御用で？」

マツリカは自然と臨戦態勢になりながら、アンネローズに問う。すると、彼女は品の良い笑みを湛えたまま答えた。

「あなたが持っているチップを、お渡し頂きたいの」

「……これは、易々と渡せるものじゃなくてね。御免あそばせ？」

マツリカはわざとおどけるように言いながら、周囲を見渡す。相手の隙を見つけて、逃走した方がいいと直感が告げていた。

相手の実力は分からないが、間違いなく、マツリカ一人の手に負えるものではない。

だが、戦う必要はない。チップを死守し、『アリギエーリ』の場所を相手に知られなければ。

「そのチップ、元々は私のものでしたの」

アンネローズは、変わらぬ口調でそう言った。

「ということは、あんたは『方舟機関』の……」

「あら、組織の名前までご存じなのですね。見たところ、無能力者のようですし、何も知らない一般人が使われているだけかと思いましたけど」

「『吸血王子』が教えてくれたのよ」

ミカゲの通称を口にした瞬間、アンネローズの表情が強張った。貴婦人の笑みが崩れ、恐怖と怒りが浮き彫りになる。

マツリカの、相手を動揺させる作戦は成功した。彼女らの組織を滅ぼした者の一人の存在を、利用しない手はなかった。

「あのガキと……知り合いなのね」

「まあ、あまり子供という感じはしないけどね……」

百歳くらいなんじゃない、と投げやりに言いつつ、アンネローズの動向を窺う。

彼女が異能使いだとしたら、どのような異能を使うのか。

動き難いドレスを纏っているので、激しく動き回るわけではないのだろう。ミカゲのように、魔法のような異能を使うのかもしれない。

そうなれば、初手さえ見切れば、彼女の目を眩ませることが出来るかもしれない。魔法のような異能も、初見であれば動揺していたかもしれないが、既にミカゲの術を見ている。

マツリカは、アンネローズの動きを見極めようと五感を研ぎ澄ませる。初手で派手な粉塵でも撒き散ればいい。そうすれば、目晦ましになるから。

しかし、マツリカの予想とは裏腹に、アンネローズはにわかにロングスカートをまくり上げた。

「えっ……！」

フリルが付いたスカートの裾が華やかにまくれ上がり、彼女のすらりとした脚が露わになる。だが、純白のタイツをまとったその脚に、鋭く輝く鋼の凶器が束ねられていた。

「なっ……、武器を隠し持ってたの!?」

アンネローズは、脚に巻き付けた刃を引き剝がし、鞭のように振るう。彼女が手にしたのは、蛇腹剣だった。

「あのクソガキとどのようなお知り合いかは存じませんが、なます切りにして送りつけて差し上げます」

蛇腹剣は、生きている蛇のように——いや、宙を駆ける龍のように立体駐車場の中を舞う。

マツリカのあては外れた。威力が大きく、発動までのモーションが長い異能ならば、隙をつくチャンスがあると思ったのだが。

振り被られる蛇腹剣の軌道を何とか読もうと、マツリカは集中する。しかし、マツリカが相手をしたことがあるチンピラどもの金属バットや鉄パイプとは、明らかにスピードも鋭さも違っていた。

（避け切れない……！）

だが、刹那（せつな）、アンネローズは振り返った。背後から、ナイフの一閃（いっせん）が彼女に襲い掛かる。

「ちっ……！」

アンネローズはドレスを着ているとは思えないほど俊敏な動作で、それを何とかかわした。だが、刃が掠った首筋から血が滴（したた）る。アンネローズは悔しげに傷口を押さえ、闖入者をねめつけた。

「残念。首の皮にしか届かなかったか」

赤髪の青年が、マツリカの目の前に立ちはだかる。その手には、見たことがあるサバイバルナイフが握られていた。

「カンナ君……！」

「異能使いに一人で挑もうとか、気合入り過ぎじゃない？」

カンナはマツリカの方をチラリと見やると、肩を竦めてみせた。その首筋には、ミカゲのように光り輝く図形が浮かび上がっている。まるで女性の横顔のような、蠱惑（こわく）的（てき）な印だ。

「相手を撒く隙を見つけようと思ったのよ。っていうか、あなた、ついて来てたの？」

カンナの気配は全く感じなかった。狐（きつね）につままれたような表情のマツリカに、カンナはにやりと悪戯っぽく笑ってみせる。

「まあ、気配を消すことも俺の異能の一つだからね」

「もしかして、私の雇い主の拠点を探るために……？」

マツリカの問いに、カンナは気まずそうに苦笑した。

「ま、ご想像にお任せするよ」

ミカゲは、マツリカからカイネのことを聞き出そうとしていた。だから、気配を消すのが得意なカンナに尾行を任せたのかもしれない。

「……皮肉なことに、助かったわ」

「そう断言するのは、まだ早いんじゃない？」

カンナはアンネローズに視線を戻す。

「話の流れからして、『吸血王子』の手のものかしら」

アンネローズが問うと、カンナは苦笑する。

「その呼び方、本人的にはご不満みたいだけど？」

「我々からしてみれば、忌むべき男にそう呼ばれていた忠犬でしかないわ」

「その忠犬、ご主人様の手に嚙みついたけどね」

アンネローズとカンナは、互いに無言で睨み合う。ピリピリとした空気が肌を焼き、マツリカは思わず固唾を呑んだ。

先に口を開いたのは、アンネローズだった。

「どうやら、我々の与り知らないところで内輪揉めが行われたようですが、関係ありませんわ。奴らが我々にしたことを、我々は絶対に忘れません」

「だったら、どうする気？」

カンナは挑発的に問いながら、後ろ手でマツリカを促す。避けるように、と。

次の瞬間、蛇腹剣が振り被られた。

「二人まとめてなます切りにして、ホルマリン漬けにして送って差し上げましょう！」

蛇腹剣が振り回されると、連なる刃がコンクリートで固められた柱と床に触れて火花を散らす。金属音と風を切る音が不協和音を奏で、今際の叫びのごとく響き渡った。

「跳べ！」

カンナの叫びとともに、マツリカは後方に跳ぶ。すると、鼻先すれすれのところを、刃が過ぎる。一瞬のことだというのに、刃に映った顔が確認出来るほどによく磨かれていることが分かり、その切れ味は容易に想像出来た。

「やるではありませんか。だけど、これはどうです⁉」

アンネローズが柄を返すと、連なる刃は踊る。偶々軌道上にあった自動車の一部を、物ともせずに切断しながら、カンナ達に背後から襲い掛かった。流石のマツリカも、それは予想外で、咄嗟に身体が動かない。

「くそっ！」

そのフォローをしたのは、カンナだった。

マツリカを突き飛ばし、押し倒すように彼女を庇う。その右脚を、蛇腹剣が掠って行った。

「くっ……！」

「カンナ君！」

蹲るカンナに、マツリカは咄嗟に這い上がって脚を気遣う。だが、「いいから！」とカンナは一喝した。

「このお嬢サマ、相当やるんだけど……。初手で仕留められなかったのは、マズったな……」

カンナの右脚からは鮮血が滴っていた。コンクリートに、ぽつぽつと赤黒い染みが作られ、彼の傷の深さを物語る。

カンナは身軽だ。しかし、この怪我(けが)では充分に動けない。そして、彼の異能は『暗殺』。標的から気付かれないことが前提だ。

現状が不利だと気付くのに、一秒もかからなかった。

顔が青ざめるマツリカに、カンナは小声で言った。

「この隙に逃げたら？」

「えっ」

「俺が引き付けておけば、逃げられるでしょ。マツリカちゃん、足速いし」

「ちゃんって、私の方が年上――って、そんなことはどうでもいいわ。あなたがそんな状態なのに、逃げられるわけないでしょ……！」

「俺はこれよりやべー状況になったことがあるし、平気。あと、あんたが思ってるよりもタフだから」

話は終わりだと言わんばかりに、カンナはマツリカから距離を取り、痛むであろう右脚を引きずりながらアンネローズと相対した。

「作戦会議はおしまい？」

嗜虐的な笑みを浮かべるアンネローズに、カンナは、「はっ」と鼻で嗤った。

「ミーティングとかじゃなくて、あんたの化粧が濃いって話をしてただけだし」

「あら、生意気で可愛い子ですわね。調教のし甲斐がありますわ」

アンネローズの冷徹な眼差しに、カンナは頬を引き攣らせた。

「異能使いって、そういう系が多いわけ……？」

二対一だというのに、アンネローズは余裕だった。彼女が絶対的に有利であることを悟っているのだろう。

彼女の得物に対して、カンナの得物はあまりにも短い。カンナに懐に飛び込まれる前に、彼を制することが出来るのだ。

マツリカは、自分が戦力外でノーマークなのをいいことに、辺りを見回す。何とか、この状況を脱しなくては。

（あれは……）

アンネローズの蛇腹剣が切断した自動車から、ぽたぽたと漏れている液体があった。ツンとした臭いで分かる。それは、ガソリンだ。

あれを使えないだろうかと思う自分と、即座に、危険だと警告する自分がいた。

マツリカが葛藤しているうちに、アンネローズは再び蛇腹剣を振るい、カンナがナイフで応戦する。カンナのナイフ捌きは見事なものであったが、いかんせん、質量も間合いも違い過ぎる。負傷している彼は、じわりじわりと圧（お）されていた。

（やるしかない！）

マツリカはパンプスを脱いで引っ掴み、アンネローズ目掛けて放り投げた。

「いつまでも年下を苛（いじ）めてるんじゃないわよ、このドSババア！」

アンネローズは振り向きざまに蛇腹剣を振るい、迫りくるパンプスを一刀両断にする。

「安い挑発ですが――」

彼女は巧みに蛇腹剣の鎌首をもたげさせ、マツリカ目掛けて刃を放つ。

「乗って差し上げますわ！」

「マツリカちゃん！」

カンナが叫ぶ。しかし、それはマツリカの狙い通りだった。

彼女は全身をばねのようにして、出来る限り遠くへと跳ぶ。空を切った蛇腹剣の刃が虚空(こくう)を薙(な)ぎ、マツリカが立っていた場所を掠めた瞬間、ぼっと床に火が灯(とも)った。

「なっ……」

そこにあったのは、破壊された車から漏れたガソリンだった。

アンネローズがそれに気付いた時には、既に遅かった。火があっという間に回り、車に点火する。

次の瞬間、爆音と黒煙が辺りを覆った。事態を予想していたマツリカは、何とか受け身を取り、カンナのもとへと走る。

「逃げよう」

「……無茶し過ぎじゃない？」

カンナは苦笑する。しかし、その顔色は優れない。彼の足元には、血だまりが出来ていた。

傷が深いのに、戦い続けていたからだ。

マツリカは責任を感じた。彼女が追い詰められなければ、カンナはこんな目に遭わなかったのに。

「手当てするから、来て」

マツリカは、ハンカチでカンナの傷口を覆うと、無理矢理肩を貸した。これで、血が滴り落ちて血痕を辿られることはないだろう。

「来てって、何処に」

カンナは背が高い。女性にしては長身のマツリカですら、肩を貸した状態でバランスを取るのは難しかった。

それでも、マツリカは足早に去ろうとする。黒煙が、二人の姿を隠してくれているうちに。

無我夢中で立体駐車場を後にして、角を幾つか曲がってから、マツリカは口を開いた。

「うちの会社に来て」

「でも、秘密にしようとしてたんじゃあ……」

「そんなこと……言ってる場合じゃないでしょ」

今はとにかく、カンナの手当てをしなくては。カイネへの義理よりも、自分を助けてくれた相手を救うことが優先だ。

「……放っておけば治るし」

「私が放っておけないのよ」

マツリカがきっぱりとそう言うと、カンナはそれ以上口を開くことはなかった。観念してくれたのか、足が痛むのか、それとも失血により貧血を起こしているのか、彼の体重がマツリカにかかり、寄りかかっているのが分かった。

カンナは、決して軽くはなかった。しかし、マツリカは歯を食いしばり、彼を『アリギエーリ』まで運んだのであった。

『アリギエーリ』に続く地下道を往く頃には、出血を受け止めるために括りつけていたハンカチは、血まみれになっていた。マツリカは何度か振り返りながらも、先へと急ぐ。

ほのかな百合の香りがする。あと少しで到着するというところで、見慣れた白い影が窺えた。

地下だというのに眩しいくらいの白いシャツをまとった、白百合のようなカイネだった。

「おかえり」

カイネは穏やかに微笑む。マツリカは緊張気味に頷いた。

「私の許可なく、社外の人間を連れて来たね？」

「彼は怪我をしているの。治療をしたいんだけど」

マツリカは、肩を貸している赤髪の青年が『カンナ』であり、依頼にも大いに貢献してくれたし、先ほどは自分の命を救ってくれたのだと話した。

「こちらに向かう時、『方舟機関』の女に襲われたの。彼がいなかったら、私は殺されてチップを奪われていたわ」

「ふむ」

カイネは目を細め、頭からつま先までカンナを見回す。そして、静かに頷いた。

「それならば、彼は治療を受ける資格がある。丁重にもてなそう」

カイネは道を空け、背後にあった扉を開く。濃厚な百合の香りが溢れる中、マツリカはカンナを運び込んだのであった。


カンナの傷は、やはり深かった。

植物園のようなたたずまいの廃墟には、アンティークのソファが置いてあり、カイネはそれと救急箱を貸してくれた。

「痛っ……」

傷口を消毒されたカンナは、歯を食いしばって耐える。傷口はぱっくりと裂けていて、普通なら、痛いという感想だけでは済まないだろう。

「それにしても、この状況を整理しなくてはね」

マツリカが治療する様子を眺めながら、カイネは言った。

「君が、機関の名前を口にするなんて」

「それは――」

「大方、吸血王子に教えて貰ったのだろう?」

マツリカが誤魔化す余裕もなく、カイネに見抜かれてしまった。マツリカがどう対処したらいいかと戸惑っていると、カイネは微笑を湛えたまま続けた。

「大きな戦力だし、出来るだけ彼を泳がせておきたかったのだけどね。やはり、あちらも気付いていたか……」

「それじゃあ、あなたは……」

「機関の残党の一人だよ」

カイネは、さらりと答えた。

「それ、俺がいる前で話していいわけ?」

包帯を巻かれながら、カンナはカイネをねめつける。その鋭い視線を、カイネはさらりと受け流した。

「どうせ、君のご友人は気付いているだろうし、構わないさ」

　そして、カイネの視線はマツリカへと向けられる。

「私が驚いているのは、一般人の君がここまで踏み込んだところかな。焚きつけたのは私だけど、無能力者なのに数々の死線を超えられるなんて」

「……それは、助けがあったのと運が良かったから」

　事実、カンナとミカゲがいなくては、何も出来なかった。それに、ミカゲがカンナを尾行させなかったら、マツリカはなます切りになっていた。

「運が良いのも実力の内だよ。誇りたまえ。私が驚いているのは、どちらかと言うと、積極性――かな」

　ふと、ヒナギクの姿が頭を過ぎる。マツリカは、静かに頷いた。

「それは、踏み出すことを教えてくれた友人がいたからよ」

「友人……か」

　カイネは考え込むように目を伏せる。

　その様子を気にしつつも、マツリカはカンナの傷口を包帯で止血した。カンナは、「さんきゅ」と微笑むが、その顔色は青白かった。

「出血が酷かったみたいね。輸血でも、出来たらよかったのかな」

「いいって。こういうの慣れてるし、血の気が多いから休んでいれば治るから」

「そんなにテキトーでいいわけ？」

マツリカは苦笑したが、思ったより元気そうで安心した。

治療が一区切りしたマツリカは、カイネに向き直る。

「あなたが『方舟機関』の生き残りだとしたら、あの女――アンネローズは何者なの？　私は、あなたに頼まれたことを教えた方が良かったわけ？」

アンネローズも『方舟機関』ならば、二人は同志のはずだ。交戦も避けられたかもしれない。

しかし、カイネは静かに首を横に振った。

「彼女は『方舟機関』の科学者だ。吸血王子が言っていた『パンドラボックス』の開発者の一人でもある。チップを回収したがっていたのは、秘密を漏洩させたくなかったからだろう。チップの詳細を知っているということは、異形に埋め込んだのも彼女かもしれない」

「科学者には、見えなかったけどね」

「先入観に惑わされると、真実から遠ざかる。科学者は白衣を年中着ているわけではないし、自らを着飾る趣味を持たないわけではない」

「まあ、確かに……」

カイネの言うことは尤もだった。

「けど、科学者がゴリッゴリの戦闘向けってのも珍しくない？　あんたは、彼女の異能を知ってるわけ？」

カンナが口を挟む。カイネは、顔色を少しも変えず、教鞭を振るう教師のごとく明瞭に答えた。

「彼女とは、ほとんど接触したことがない。彼女がいた研究棟に入る許可は、私は得られなくてね。すれ違った程度かな」

「ふぅん……」

「彼女の異能に関しては、口惜しいことに情報がないんだ。しかし異能は、本人の罪や罰から生じるものだ。生活から生じるものではない。君も『暗殺』の異能を持っているようだけど、暗殺者をしていたわけではないだろう？」

「まあ、そうか……」

カンナは、気まずそうに目をそらす。

「何にせよ、接近戦は私の得意とするところではないからね。彼女との交戦は避けたいものだ」

「同じ組織なのに、交戦する可能性があるの？」

「厳密には、私はもう、組織の人間ではない。そして、彼女とは目的が違う」

「一枚岩じゃないってわけね」

カイネは頷く。

「さて、チップを頂かなくては。マツリカ君は、だいぶ吸血王子に吹き込まれたようだから話すけど、私も『パンドラボックス』の情報が欲しくてね」

「願いを……叶えるために……?」

マツリカはスラックスのポケットを探る。そこには、触り慣れたピルケースの感触があった。

「そう。『パンドラボックス』と呼ばれているシステムは、機関の中でも秘匿情報だった。一部の研究チームしか知らないことでね。願いを叶える素晴らしいシステムだという情報しかない」

「そんな曖昧なのに、よく、探ろうっていう気になったね」

カンナが、訝しげに口を挟む。

「それは、君のご友人も同じではないかな? 曖昧な情報ですら、藁をも縋る想いで手繰り寄せたい願いがあるのだろう」

「……そういうこと」

カンナは、納得したように相槌を打つ。

「尤も、私は彼に先を越されるつもりはない」

「……俺がミカゲ君に、ここで知ったことを報告する可能性、あるんじゃない？」

　しかし、そんなことは織り込み済みだと言わんばかりに、カイネは微笑む。

「君がこの場所を出る時に、そのことを覚えていればそうなるだろう」

「……どういうこと？」

「私が君を招いたのは、君が怪我人であることと目的に貢献してくれたこともあるけれど、秘密を漏洩させないための対策が取れるからさ」

　カイネは、相変わらず穏やかな表情だった。しかし、マツリカは不穏な気配を感じ、息を呑んで二人を見守る。

「もしかして、そういう異能が？」

「ご名答。私の異能を応用して、君の記憶を消すことが出来る。ただし、君の抵抗力が高ければ高いほど、後遺症が大きくなるかもしれないけど」

　ガラス張りの天井から漏れる陽光を浴びながら、天の使者のような出で立ちの青年は、完璧な笑みを湛えたまま残酷に宣告する。カンナは身構え、マツリカは咄嗟に間に入った。

「待って！」

「ああ。今すぐに処置を行うつもりはないよ」

「そうじゃない。彼は、チップの回収と保護を手伝ってくれたのよ！　あなたの目的に貢献したのに、その仕打ちはないんじゃない!?」

「確かに、彼がいなければ、アンネローズ博士にチップを奪還されていた。だが、ここで彼を返したら、私の目的が達成出来ないかもしれない」

「でも……!」

マツリカは思わず、カイネに摑みかかった。皺ひとつないシャツの胸倉を引っ摑まれても、彼は表情を一切変えなかった。

「それなら、彼をここに連れて来た私が罰せられるべきじゃないの……!?」

「君の行動は気高いと思っているよ、マツリカ君。それに、誰に責任があるか、誰が罰を受けるべきか、今の私には興味ない。私の願いは、ただ一つ。その願いを叶えるためならば、どんな手段も厭わないし、私の身が滅んでも構わない」

カイネはマツリカを見つめ返す。その双眸には、覚悟が宿っていた。彼の言葉が嘘偽りではないと、その目が物語っていた。

最早、何を言っても無駄だとマツリカは悟った。自然と彼の胸倉から手が離れる。

その時であった。彼の胸元から、音を立てて何かが落ちたのは。

「ロケット……?」

それは、銀細工のロケットペンダントだった。

カイネは咄嗟に拾い上げるが、マツリカは見てしまった。そのロケットに収められた写真に写る人物の姿を。

「ヒナギク……」

「なっ……」

そこに写っていたのは、弥勒院ヒナギクの姿だった。マツリカが最後に会った時よりも少し大人びていて、美しい女性に成長していた。

マツリカがヒナギクの名前を口にした瞬間、カイネの表情は露骨に変化した。彼は動揺した眼差しで、マツリカを見つめていた。

「あなた、ヒナギクを知っているの……？」

「君こそ、私のベアトリーチェを知っている……のか？　やはり、君は……」

マツリカとカイネ。互いの時が停まる。それは、永遠のように思えた。

しかし、困惑の沈黙は長く続かない。

様子を見守っていたカンナが、唐突に顔を上げる。そして、何かを察したように、苦笑を漏らした。

「お取込み中のところ悪いんだけど、姿勢を低くした方がいいかも」

カンナは、さほど離れていない入り口の方を見やる。植物に囲まれ、固く閉ざされた鉄の扉が佇んでいたが、次の瞬間、扉は紙のようにひしゃげて吹っ飛んだ。

静謐（せいひつ）な植物園に爆風が舞い込み、草木がなされるがままに煽（あお）られる。カンナの忠告に従った二人の頭上を、爆風に巻き込まれた鉢植えが飛んで行った。

「失敬。ノックが少し強過ぎたみたいだね」

土煙の向こうから現れたのは、吸血王子ことミカゲだった。彼はステッキを構え、王者たる風格で三人を見据えた。

「どうして、ここが……？」とマツリカは目を丸くする。

「GPSだよ」

答えたのは、カンナだった。

「万が一に備えて、俺の居場所をGPSで監視出来るようにしてたわけ。お優しくて慎重な保護者サマの案でね」

やや皮肉めいた調子で、カンナは言った。

「でも、あなたは一度拒んで……」

「だって、なんか悪いでしょ。善意に付け込んでアジトを探るとか」

カンナは肩を竦めた。マツリカは、どうあっても彼は嫌いになれないなと思った。

「入り口には、ロックがかかっていた筈だが」と、カイネは言う。

「安心おし。静かに壊したよ」

憎らしいほど優雅に、ミカゲは微笑んだ。

「久しぶりだね。君に敬意を表して、ダンテと呼んであげようか。幻惑の詩人よ」

　ミカゲは、カイネに向かって優雅に一礼する。カイネもまた、微笑を浮かべて応じた。その声色に、刺々(とげとげ)しさを交えながら。

「これはご丁寧に。私の術中に堕(お)ちた君が腕を焼いた師は、ご健在かな？」

「お陰様で、しばらくの間は『手が焼ける弟子』と揶揄されてね。もう、決別してしまったけれど」

　ミカゲは、肩を竦める。

「君こそ、僕の意匠返しは気に入ってくれたかな？　あの時は、感想を聞きそびれてしまってね」

「君の激昂(げきこう)の証は、この通り、歳月が消してくれたよ」

　カイネはシャツをまくり、自らの腕を晒してみせる。

　爆風による土埃(つちぼこり)はほぼ引いたが、廃墟の中はひりついた空気で満たされていた。

　カイネとミカゲ。

　その、太陽と月さながらの青年達が対峙しているのを見守りながら、マツリカとカンナは固唾を呑んだ。

「あの二人、過去に因縁があったようね……」

「なんかよく分かんないけど、ミカゲ君が社長サンの異能のせいで、時任サンに魔法を放っちゃったって感じ……？」

「そして、彼も反撃として、カイネの腕を焼いた——ってところかしら」

両者は微笑を湛えていた。しかし、その目は冷ややかなものだった。お互いを敵としか認識していない。そんな気配が、ひしひしと感じられた。

正に、一触即発。

爆風の余波で吹き飛んだ鉢植えが、ガラス張りの建物を支えている堅牢な鉄骨に当たって弾けるように割れる。他にも、錆びかけていた棚が落ちたり、飛来物でガラスに罅が入ったりと、無機物達だけが勝手気ままに騒ぎ立てていた。

「成程。派手なご登場は、私の異能の妨害も兼ねていたようだね」

「そう。君の異能は、『言霊付与』。言霊を生物の神経系に打ち込み、行動を支配するものだ」

ミカゲの種明かしに、マツリカとカンナもハッとした。

つまりは、言葉を利用して他者を操る能力である。ミカゲはカイネと戦った時に、その術中にはまり、抵抗も虚しく、当時味方であった師に魔法を向けたのか。

「……やべー能力だな。でも、それで術者を同じ目に遭わせるミカゲ君もミカゲ君だけど……」

カンナは、頬を引きつらせながら、両手を耳に添える。カイネが言霊を使おうとした時に耳を塞ぐためだろう。マツリカも、慌ててその準備をした。ミカゲが轟音を生じさせているのは、カイネの声を遮ることで対策が出来るからだ。

「ふむ。初見でないと、私の異能はどうも不利だね」

カイネは、マツリカとカンナを横目に、溜息交じりで言った。

「チェックメイト、といったところかな」

ミカゲは、カイネにステッキを向ける。

「君への意趣返し(いしゅがえ)は既に済んでいる。今更、君をどうこうしたいとは思わない。僕が欲しいのは、『パンドラボックス』の情報だ」

「生憎と、私も調査中でね」

カイネは、静かに両手を上げる。しかし、その双眸に諦めの色は見えなかった。

「君は何故、『パンドラボックス』を？」

「答える義理はない」

カイネの問いに、ミカゲはぴしゃりと言った。

「それは残念だ」

カイネは、花壇から溢れて、足元を這う蔦を見やる。すると、喉元に茨(いばら)のような図形が浮かび上がった。マツリカは息を呑む。あれが、カイネの罪の印か。

締め上げられているような痛々しさとは裏腹に、澄んだ声が響いた。

「庭園の番人、舞踏の宴を開き、吸血王子を誘え！」

途端に、蔦がびくんと脈打ち、踊り狂うようにミカゲに襲い掛かる。足元にあった蔦だけではない。吹き抜けになった二階から垂れ下がっていた蔦も、ミカゲの華奢な身体に絡みついた。

「なっ……！」

不意を打たれたミカゲの手足はあっという間に拘束され、蜘蛛（くも）の巣に捕らえられた蝶々のように身動きが取れなくなる。

「植物も操れる……だって……!?」

「植物も生き物だからね。それに、この場所は特別なのさ」

カイネは、静かにミカゲのもとへと歩み寄る。「ミカゲ君！」とカンナが立ち上がろうとするが、「来るな！　自分を守って」とミカゲは制止した。

「賢明な指示だ。私に近づけば近づくほど、言霊の影響力は強くなる。声がよく聞こえるようになるからね」

カイネは、カンナが足を止めたのを一瞥すると、ミカゲに向き直った。

「良い絵だ。美しい君には、囚われの姿がよく映える。私にそれを愉しむ趣味がないことが残念なほどにね」

カイネは、肩を竦めた。

「君は、大事な家族を喪っている。それを取り戻したくて、『パンドラボックス』を求めているということか」

カイネの言葉に、ミカゲは目を丸くした。

「何故……、それを……」

ミカゲはマツリカとカンナを見やるが、二人は首を横に振る。家族を喪っているという話は、マツリカにとっても初耳だった。

「少し覗き見てしまったことは謝罪しよう。君の境遇には同情するし、君の気持ちには共感する。しかし、『パンドラボックス』を譲ることは出来ない」

頭を振るカイネに対して、ミカゲは驚愕と怒りが入り混じった目で、彼を見つめていた。

だが、すぐに感情を打ち消すと、ぽつりと何かを呟く。

「……詠唱かい？　やめた方がいい。その蔦を焼けば、君も無事では済まないだろう？」

だが、カイネの忠告が終わるか終わらないかのうちに、ミカゲは叫んだ。

「――プロメテウスの炎よ！」

ぼっと火柱が発生する。蔦に拘束されているミカゲ自身ではなく、植物園の一角に。

「なっ……！」

火の手が上がったのは、蔦の本体がある場所だった。数多の植物の中に潜んでいた蔦の本体は、ぱちぱちと音を立てて燃え上がり、それと同時に、ミカゲを捕らえていた拘束はあっという間にほどけていく。

「植物も生き物だというのならば、息絶えるほどに愛してあげればいい。死んでしまえば、君には操れないからね」

解き放たれたミカゲは、残酷な笑みを湛える。これにはカイネも予想外だったようで、標的を殲滅したことで消えゆく魔法の炎を眺めながら息を呑んだ。

「流石は吸血王子だ。一筋縄ではいかない。しかし――」

ひゅっと風を切る音がする。ミカゲは咄嗟にステッキを構え、飛んで来たカイネの蹴りを受け止めた。

「君に『パンドラボックス』を渡すわけにはいかない。私のベアトリーチェを、取り戻すためにも……！」

「えっ……」

マツリカは耳を疑った。

カイネは、ヒナギクをベアトリーチェと言っていた。では、取り戻すとはどういうことだろうか。

闖入者の来訪で荒れ果てた植物園の中、カイネはミカゲに肉弾戦を挑む。ミカゲもまた、ステッキを巧みに操り、繰り出されるカイネの蹴りを何とか防御していた。

リーチはカイネの方が長い。一見、ミカゲは圧されているように見えるが、闘志は消えていない。

マツリカは、ミカゲのカイネを見る眼差しが、隙を狙っている鷹のようだということに気付いた。あれは、反撃のカードを持っている表情だ。一方、カイネには焦りが窺え、蹴りを繰り出しながらも手札を必死に探しているように見える。

マツリカは異能のことをよく知らなかったが、喧嘩のことはよく知っていた。このままだと、ミカゲに完全に戦況をひっくり返される。

「カンナ君」

自分と同じように戦況を窺っていたカンナに、声を掛ける。

「止めましょう。私はカイネを」

「……おっけー」

二人の間に、それ以上の言葉はいらなかった。

絶え間ない攻撃によって、ミカゲは壁際まで追い詰められる。隙を作らぬように蹴りを繰り出していたカイネは、ここで大きく振り被った。

次の瞬間、待っていたと言わんばかりに、ミカゲがステッキを持ち替える。彼は、攻撃を防御しながらも詠唱をしていて——。

「待った！」

ミカゲの前に、カンナが立ち塞がる。

「カンナ君……！」

ミカゲはステッキを下ろし、半歩下がる。一方、怯んだカイネのことを、マツリカが羽交い絞めした。

「争うのはやめましょう！　このままやりあったら、怪我だけじゃ済まなくなる」

「しかし……」

カイネに触れてみると分かる。彼は見かけ以上にしっかりとした体格で、マツリカを振りほどくことも出来るだろう。

しかし、彼はそうしなかった。カイネの冷静さに感謝しつつ、マツリカはその場を鎮めるべく、言葉を選ぶ。

「あなた達にとって、譲れない部分があるのは伝わって来る。だけど、『パンドラボックス』について知らないことが多過ぎるでしょう？　願いを叶えるものだとしても、一つとは限らない。協力し合うことで、目的を達成し易くなるかもしれないじゃない」

マツリカの説得は、ミカゲも聞いていた。「ふむ、一理あるね」と、一先ずはステッキをしまう。

「まあ、チップを奪還したがるヤバいおねーサンもいるしさ。協力した方が確実っていうのは、俺も一票投じたいっていうか」

カンナもまた、マツリカの援護をする。

「……確かに、『パンドラボックス』のことを知るのが優先かもしれないな」

カイネは込み上げる感情を押し殺すように、息を吐いた。

「では、チップを解析して詳細を知るまでは、協力し合うとしよう。その後、願いを一つしか叶えられないということになったら？」

カイネは、マツリカに問う。マツリカは、神妙な面持ちで答えた。

「その時、考えましょう。私としては、譲れないものがあるからこそ、じっくりと話し合った方がいいと思うけど。異能をぶつけ合う以外にも、道はあるはず」

「……無能力者ならではの発想だ。私達は、異能に頼り過ぎているのかもしれない」

カイネは臨戦態勢を解く。意見を尊重して貰えたのだと悟ったマツリカは、心の中で胸を撫で下ろした。

それと同時に、自分の胸に生じた疑問が口をついて出る。

「さっき、あなたは気になることを言ってたけど……。ベアトリーチェを、取り戻すためにって……」

問いかけるマツリカに、カイネはそっと目をそらす。そして、哀しみに顔を歪め、人間らしくも沈痛な面持ちでこう告げた。

「ベアトリーチェ――弥勒院ヒナギクは、死んだんだ」

「えっ……？」

マツリカが目を丸くし、ミカゲとカンナも息を呑む。

「吸血王子が私をダンテと呼んだのも、私達が立ち上げた会社の名が『アリギエーリ』なのも、全て、今は亡き愛した女性を取り戻したいと切望する哀れな男を皮肉った、いい表現だと思う」

尤も、吸血王子は詩人であることを喩えたのだろうけど、とカイネは自嘲の笑みを湛える。

詩人であるダンテ・アリギエーリは、愛する人であるベアトリーチェを亡くして悲嘆に暮れていた。そんな彼がベアトリーチェに導かれて、天国の至高天へと導かれる話が、代表作の一つである『神曲』の天国篇だということを、マツリカは思い出した。

だが、それどころの話ではない。マツリカは、耳を疑う。

「ヒナギクが……死んだ……？」

マツリカの思い出の、天真爛漫な彼女の姿から、急速に光と色が失われていくのを感じる。自分を導いてくれた親友が、心の支えにしていた大切な人が、自分の知らないところで命を落としていたなんて。

焦げ付いた臭いがする廃墟の中、マツリカは自分の血の気が、みるみるうちに引いて行くのを実感していたのであった。

T O K Y O　P H A N T O M　P A I N

File.03

前進、或いは岐路

「私は、世の中の困っている人達に貢献したい」

「へぇ、立派じゃない」

マツリカが称賛すると、ヒナギクは「えへへ……」とはにかむ。

「でも、立派過ぎちゃってねぇ。もっとこう、欲望はないの？　湘南に別荘が欲しいとか、自家用セスナが欲しいとか」

マツリカが挙げた欲望の例に、ヒナギクはきょとんとする。

「それ、もしかして、マツリカちゃんの欲望？」

「東京湾は見飽きたから、湘南に別荘を買って相模湾で朝から晩までセーリングをしたいのよね。あと、セスナとか燃えるでしょ。めちゃめちゃ運転したいわぁ」

コックピットはロマンだと断言するマツリカに、ヒナギクはくすりと笑った。

「マツリカちゃん、乗り物が好きだもんね。バイクも好きだし」

ヒナギクは、マツリカの愛機を撫でてやる。知り合いから安価で譲ってもらった中古のバイクだが、マツリカの手でピカピカに磨かれていた。

「この子の名前、何だっけ」

「ロシナンテ」

「ドン・キホーテの老馬ね！」

「中古だしね。あと、私はドンキ好きだし」

尤も、マツリカが好きなドンキというのは、ディスカウントストアだが。

「私の欲望は暴露したから、次はヒナギクの番だからね」

「私の欲望かぁ。私は、王子様を見つけに行きたいなぁ」

「王子様を？」

マツリカが問うと、ヒナギクは照れ臭そうに頷く。

「ヒナギクなら、どんな御曹司からも引く手あまたのような気がするけど」

「ううん。結婚相手は、お父様が決めるから……」

ヒナギクの表情に、濃い影が落ちる。

「そんな……」

「まあ、仕方がないことだから。会社のために、世継ぎが必要だし」

己を押し殺すヒナギクに、マツリカは声をかけあぐねる。だが、ヒナギクはぱっと笑顔を取り戻し、話を戻した。

「私はね、待ちたくないの。森の中だろうと、藪の中だろうと、茨の道だろうと先に進みたい。その先で見つけた王子様と結ばれることが出来たら、きっと素敵だなって」

「……因みに、どんな王子様が好みなわけ？」

「うーん。優しくて、ちょっとした我が儘なら許してくれて、アウトドア派よりもインドア派かな。楽器が出来るか、読書が好きか、このどっちかは譲れない。どちらかて進んでいるのに勇気づけられ、自らも籠の外に出たそうだ」

即ち、運命から逃れるために家出をしたのである。

裕福な生活から脱してしまった彼女を待っていたのは、何もかも自分でやらなくてはいけない厳しい世界だったが、彼女はそれでも、強かに生きた。

しかし、その一方で、彼女を失った会社は経営が傾き、ついには吸収合併されることになってしまった。巷では、社長が愛娘を失ったことによる心労から、手腕が鈍ったのだと囁かれていた。

「そんな……。知らなかった……」

マツリカは、ヒナギクのことばかり気にかけていて、彼女の会社のことに気付けなかった。

「ヒナギクのお父さん……、話を聞く限りだと厳しい人だと思ったけど、ヒナギクのことを気にかけていたのね……」

「尤も、それだけではないが……」

「えっ」

歯切れの悪いカイネの言葉に、マツリカは目を瞬かせる。だが、カイネは目を伏せたまま続けた。

「彼女は、自分を責めていた。己が罪深く愚かな存在だと嘆き、罰を欲した。それが、彼女に異能を目覚めさせる切っ掛けとなったのさ」

「自責によって、自らを人の道の外に堕とし、異能使いとなるパターンだね。稀ではあるけど、無い話じゃない……」

隣で話を聞いていたミカゲもまた、悲痛な面持ちだった。カンナも押し黙り、俯き（うつむ）ながら話を聞いていた。

「彼女が自らの異能に翻弄される先で、私と出会ったんだ。その頃、私も自らの過ちに縛られ、失意の日々を過ごしていた。そこで、惹かれ合った私達は、咎人にも居場所はあるという機関の甘言（かんげん）にのせられて身を寄せたのだが……」

「その先で争いに巻き込まれ、ヒナギクは原因不明の死を迎えた。しかも、機関はあなた達を利用しようとしていた」

「……そういうことだね」

カイネは頷く。

「それで、悲しんだ王子様は、ヒナギクの死因を探りつつ、『パンドラボックス』で彼女を生き返らせようとしてくれていたのね」

「……王子だなんて。私は王の家系にいるような気高い人間ではない。落ちぶれた詩人だよ。そして、愛（いと）しい人を喪った哀れな亡霊さ」

カイネは頭を振った。

ろうね」

　カイネは更にファイルを漁る。

　すると、『ノアシステム』とやらの正体が、少しずつ浮き彫りになって来た。

「これは……」

　一同は息を吞む。

　そのシステムは、万人の願いを叶えるものではなかった。寧ろ、『方舟機関』の理想を叶えるためのものだった。

　来たる終末に一人でも多くの人間が生き残れるように、人類を進化させる。その願いを、具現化したものだった。

「無能力者を異能使いにするシステム……」

　カンナが、嫌悪感を剝き出しにする。

「まさか、計画が具体化していて、システムが完成間近だったなんて……」

　カイネは愕然としていた。そんな中、ミカゲは頭を振る。

「つまりは、僕達が求めるような、万能のシステムではなかったということかな。彼らにとって、万能にも等しいのだろうけど」

「……そっか」

　マツリカは俯く。どうあっても、ヒナギクは戻って来ないのだ。

「これは……、外れだったか」

ミカゲは深い溜息を吐いた。「ミカゲ君……」とカンナは、彼を慰めるようにそっと背中に触れる。

カイネもまた、画面の前で目頭を押さえる。マツリカは失意の彼に声を掛けようとしたが、彼は深く息を吐いたかと思うと、調査を続けた。

まだ、知りたいことはある。ヒナギクの死の真相だ。マツリカも、自然と前のめりになってカイネを見守った。

「パスワードだ」

カイネは、ロック画面に行きついた。ミカゲに視線をやるが、首を横に振られる。

「その辺りは、僕達にも見当がつかなかったことだからね」

「そうか……」

カイネは次々と単語を入れる。しかし、どれも呆気なく弾かれてしまった。

次第に、彼の指先に焦りが滲むのが分かる。マツリカは、どうにか手伝えないものかと思案する。

その時だった。ふわりと、優しい花の香りが鼻腔を掠めた。戦闘の後の、焦げ付きと埃っぽさが漂う室内に、あまりにも清らかな風が過ぎる。

「ヒナギク……？」

よく見れば、部屋の奥には、無数の蔦や花に埋まるようにして、扉があった。ヒナギクは、そこで眠りについているのか。

「……カイネ、ヒナギクの好きな単語を入れて」

「ああ、やってみよう……」

カイネは頷くと、ヒナギクが好ましいと思うだろう単語を次々と入れる。その中には、マツリカが知らないものもあった。カイネは、マツリカの知らないヒナギクを知っているのだと、胸に棘（とげ）が刺さったような気持ちになった。

「だめだ……」

カイネは、一通りの単語を入れたものの、なすすべもなく弾かれてしまった。

マツリカもまた、ヒナギクの好みそうな単語を思い出す。しかし、どれもカイネが入力したものだ。

ふと、鼻先を潮風が通り過ぎたような気がした。マツリカは目を瞬かせる。ここは都心の街中で、海は近くないのに。

「……『ロシナンテ』」

「マツリカ君……？」

「『ロシナンテ』って入れてみて！」

戸惑うカイネだったが、マツリカを信頼すると決めたのか、素直に指定された単語を入力する。

「……入った……だと」

パスワードを突破し、画面が切り替わる。カイネを始めとした三人は、信じられない表情でマツリカを見つめた。

マツリカもまた、彼らと同じ表情だっただろう。

「どうして、私の愛車の名前が……」

マツリカは動揺が隠せなかった。自分とカイネの間に、今もヒナギクがいるような気がしてならなかった。

「これ、動画じゃない？」

様子を見守っていたカンナは、首を傾げる。パスワードを突破した先には、動画のファイルが一つ、ポツンと佇んでいるだけだった。

「見てみよう」

カイネは動画を再生する。立ち上がった画面には、つい先ほど、カイネのロケットペンダントの中から姿を現した女性が映っていた。

「ヒナギク！」

マツリカは身を乗り出す。カイネもまた、瞬きをすることも忘れて画面を見つめた。

『見つかっちゃった』

画面の中のヒナギクは、悪戯っぽく微笑む。

『この映像を見ているということは、私はもう、物言わぬ骸になってしまったのでしょう。それに関して、カイネに謝らなくちゃ。ごめんなさい、愛しい人』

ヒナギクは、申し訳なさそうに頭を下げた。

「ヒナギク！　これは、どういうことだ！」

カイネは画面の中のヒナギクに問う。すると、彼の声に反応するかのように、ヒナギクは顔を上げた。

『ノアシステムには、私が必要だったの。正確には、私の異能だけど。成長促進の異能さえあれば、システムのスペックを飛躍的に向上させることが出来て、人々を成長させ、異能を開花させることが出来る……』

ヒナギクがいる場所には、無数のコンピューターがずらりと並んでいた。そこに、技術者と思しき人々が、忙しそうに歩いていた。

『これから、異能の摘出を行うわ。私達にとって、異能は罪の証であり、魂そのものとも言える。だから、異能が摘出されるということは、魂を抜かれるも同然。私の命は、失われてしまうの』

「……まさか、そんな」

カイネとマツリカが絶句する中、画面の中のヒナギクは話を続ける。

『ねぇ、カイネ。私と一緒にここに来てくれて有り難う。そのお陰で、こんな私でも誰かの役に立つことが出来る……。私は、ずっと誰かの役に立ちたかったから』

ヒナギクは微笑む。聖母のように、慈愛に満ちた顔で。

『マツリカちゃん』

名前を呼ばれたマツリカは、びくっと身体を震わせる。

『そこにいるんでしょう？ 私の大好きな二人が繋がってくれて、良かった。本当は、ちゃんとした形で紹介したかったんだけど……』

画面の向こうのヒナギクは、申し訳なさそうに目を伏せる。

『カイネは繊細な人だから……、マツリカちゃんみたいに強い人がお友達になってくれたら、安心だと思って。マツリカちゃんも、一度走り出したら止まらない人だから、カイネみたいに冷静でマイペースな人が近くにいると、もっと輝けると思うの』

まさに、上司を殴り倒して人生を棒に振った直後のマツリカにとって、耳の痛い話だった。何でも拳で解決しようとする癖は、ヒナギクやカイネのような、マイペースな人物がそばにいることが、抑止力になるのかもしれない。

『カイネの物語、とても素敵なの。是非、読んでみて。彼と一緒にいる時、彼の物語を読んでいる時、私は自由なお姫様になれた……』

「ヒナギク……」

彼女は、自由ではないお姫様だった。そんな彼女が、好きな人と自由な時を過ごして、今は、誰かのために旅立つのだと、マツリカは直感的に理解した。

『マツリカちゃんは、私の騎士様だった。カッコいいあなたが、憧れだった。あなたは落ちこぼれなんかじゃない。強くて美しい人よ。素敵な日々を、有り難う』

「そんな……私は……」

マツリカは謙遜して否定しようとするが、言葉がつっかえて上手く出て来ない。一方、ヒナギクは、ポケットから何かを取り出す。それは、可憐で白い花――茉莉花の花だった。それをお守りのように胸へ持って行った時、カイネがはっと息を呑む。

「そうか。彼女が茉莉花の花を持っていたのは、こういうことだったのか……」

「どういうこと……？」

カイネ曰く、ヒナギクの遺体を発見した時、彼女は茉莉花の花を持っていたらしい。それがあって、喫茶店で茉莉花という名前を耳にしたカイネは、マツリカに声を掛けたのだ。

「それじゃあ、本当に、私達はヒナギクに引き寄せられたのね……」

そうしているうちに、画面の中のヒナギクは、白衣姿の女性に呼ばれる。

『支度が出来ましてよ。ミス・弥勒院』

女性の姿に、カンナとマツリカが息を呑んだ。控えめな服装だったが、それは紛れもなく、アンネローズだった。ヒナギクは彼女に頷くと、画面に向き直った。

『じゃあ、行くね。私、みんなの力になるの。それが、昔からの夢だったから。みんなが異能を開花させて、自分の良さに気付ければ、きっと幸せになれるはず』

ヒナギクは幸福そうに微笑む。しかし、ふと、寂しそうな表情になった。

『本当は、ここまで踏み込んで欲しくなかったかな』

「ヒナギク……」

マツリカが彼女の名を呼ぶ中、ヒナギクは、無理やり微笑んでみせた。

『お願い。私のことは、忘れて……』

消え入りそうな彼女の言葉とともに、画面は暗転した。彼女のビデオメッセージは、そこまでだった。

沈黙が、その場を支配する。

ヒナギクは、自ら異能を——命を捧(ささ)げていた。人々を異能使いにするための『ノアシステム』を、皆が自分の良さに気付くための手段だと信じて疑わずに。

そして、ミカゲらに存在を気付かれなかった『ノアシステム』は襲撃を逃れ、今も尚、地下に眠っている。その証拠に、アンネローズが動いていた。

「ヒナギクは……『ノアシステム』の中に……？」

今も、たった一人で。マツリカは、自分の唇が震えているのに気づく。

カイネは、暗転した画面の前で、塞ぎ込むように沈黙していた。

黙って見ていたミカゲは、同情的な眼差しを向ける。

「……先生のやり方は強引だったけど、きっと、彼女のような犠牲者を減らしたかったのだろうね。『方舟機関』は、他にもこうやって、自分達の理想のために異能使いを利用していた。それが、先生にとって許せなかったんだ……」

「機関に身を寄せていた異能使いの、大半はそれを知らなかった。私も含めて……」

カイネは、声を何とか絞り出す。

「ただ、罪を犯した者同士が身を寄せ合い、祈る場があると聞いて私はヒナギクとともに身を寄せた。あの時は、すがるものが欲しかったのかもしれない。少しでも、安心出来る場所が……」

「他の異能使いも、そうやって集められたのかもしれないね。そして君達は、居場所を守るために戦った……」

だが、それは機関に利用されているだけだった。アンネローズのような機関の中枢にいる者達だけが、本来の理想を知っていて、何も知らない異能使い達のことは道具としか見ていなかったのだ。

「胸糞悪い」

カンナは、苛立つように吐き捨てる。

「咎人を利用しようと思った連中も、異能を救済だと思ってることも。俺達の異能は、いいところでも何でもない。単に、人の道から外れたってだけじゃん。お花畑なんだよ。方舟の連中も、あのヒナギクって子も！」

「カンナ君……！」

ミカゲは、ヒナギクに怒りを向けるカンナを窘める。しかし、カンナは口を噤まなかった。

「だって、そうだろ！　罪の清算の方法を見つけて、さっさと逝っちまいやがって！　親友と恋人を放置とか、ホントに有り得ない！　彼女が目を向けるべきだったのは、自分がいなくなって悲しむ相手だろ！」

カンナが声を荒らげている理由に、マツリカは気付く。彼は、マツリカとカイネのために怒っているのだ。

「カンナ君、私は――」

大丈夫。そう言おうとしたその時、カイネが顔を上げた。

「私は、彼女を迎えに行く」

「えっ、それって……」

「『ノアシステム』の中に、彼女がいるはずだ。器から離れた魂は戻らない。しかし、魂をあるべき場所へと導きたい。……彼女の決意を邪魔することになるけれど、彼女が我が儘を通したように、私も自分の我が儘を通させて貰うよ」

カイネの顔から、微笑は消えていた。しかし、真っ直ぐ見据えた双眸には、覚悟が宿っていた。

それを聞いたカンナは、我に返る。

「それがいいと思う。っていうか、ごめん。二人の大切な人に、あんなこと言って。……彼女にも信念があって、悩んだ末の行動だっただろうに」

素直に謝るカンナに、カイネは静かに首を横に振った。彼の怒りをも肯定するように。

「あんなこと言った後だけどさ、俺も協力したいんだ。方舟の連中はムカつくし」

カンナは、カイネとマツリカの前に一歩踏み出す。

「終末が来ようが来るまいが、俺達の異能をダシに使うのは間違ってる。他人の罪を利用して人を救うとか、おかしくない？」

カンナはそう言い切ると、ミカゲの方を振り返る。

「っていうわけで、俺は放っておけないから」

「お待ちよ」

ミカゲは、やんわりと制止した。

「は？　まさか、手を出すなって言うわけじゃないよね」

「言わないよ。僕も同行しようと言おうとしたんだ」

ミカゲは、澄まし顔で言った。

「先生の後始末をするわけではないけれど、僕達の介入が、少なからず影響を与えているかもしれないからね。機関に関わった者としての、けじめかな」

「それは、私に協力するということかな？」

カイネの問いに、ミカゲは頷いた。

「結果的には、そうなるね。『ノアシステム』の正体は、僕が必要とするものではなかったし、僕個人としても、君達の物語には思うところがある。足を引っ張らない程度に協力させて貰うよ」

「吸血王子とその友人が手を貸してくれるならば、この上なく心強いよ」

ミカゲは、カイネに右手を差し出す。カイネはそれに応じ、休戦と協力関係をしっかりと結んだ。

それから、カイネ達の視線は、自然とマツリカに向かった。

マツリカは、腹を括っていた。

「私も行く」

「いいや、君は残っているべきだ」

カイネは、包み込むように否定する。

「我々が向かう場所は、機関の施設跡――それも、最深部だ。先に君が遭遇した異形も多く潜んでいるだろうし、無能力者が行っていい場所ではない」

「だけど――」

「君は、私のベアトリーチェ――ヒナギクの大切な人だ。君は彼女が羽ばたくきっかけとなった人物であり、私と彼女が出会えたのも君のお陰だ。……だからこそ、君を危険に晒したくない」

「甘えたこと言ってるんじゃないわよ！」

マツリカの怒声が、廃墟に響く。カイネは驚いたように目を丸くし、様子を見ていた二人もまた、ぎょっとした顔でマツリカを見つめていた。

しかし、そんなことを気にしている余裕はない。マツリカは、次々とこみ上げて来る感情を、頭が追いつく限り言語化する。

「人様をここまで巻き込んでおいて、恋人の友人だから傷つけたくないって安全な所に置いておくなんて、ムシが良すぎるっての！　私が大人しく待ってる人間だと思う？　思わないでしょ？」

「それは……」

言葉に詰まるカイネの背後で、ミカゲとカンナは無言で頷いていた。彼らは痛感している。彼女は身を守る術を持っているし、肝も据わっている。事情を知っていれば尚更、引き下がらないと。

「大事なものを守りたいからっていう気持ちは分かるけどね。私達には、意思があるの。自分達なりに筋を通したいと思うものなの」

だから、ヒナギクはカイネの意思に反して、自らの理想を実現し、自己を犠牲にするためにアンネローズのもとへ向かった。そして、今はマツリカが、何が何でも死地へと向かおうとしている。

「最後まで責任を持ちなさい！　失敗や悲劇を怖がらず、相手を信じて！」

「相手を……信じて……」

カイネは、ハッと目を見開いた。その背後で、ミカゲは「そうだね」と頷く。

「ミス・エージェントは、異能こそ持っていないけれど、身を守る術は身に着けていてね。戦歴も決して浅くないと思っているよ」

「ま、確かに。あの、ヤバいおねーサンと戦った時も、マツリカちゃんに助けられたようなもんだしさ。戦況を分析する目は冷静だし、いてくれた方が寧ろ頼もしいっていうか」

カンナもまた、ミカゲに頷いた。

「ミカゲさん、カンナ君……」

彼らの保証が頼もしい。ミカゲは、悪戯っぽく微笑んだ。

「言っておくけど、この先で交戦の必要があっても、僕は君のことを庇わないよ。僕が君を守ろうとするのは、君に失礼だ。これは、紳士としてではなく、戦士としての礼儀だね」

「あはは……。また、鞄に鉄板を仕込んでおくわね」

プレッシャーをかけられて思わず苦笑するが、それすらも有り難かった。彼らに、信頼されているという証だから。

「……そうか」

カイネは、納得したように頷く。

「吸血王子とその友人が保証するのなら、君の実力は本物なのだろうね。私も、今までの非礼を詫びると同時に、君を頼らせて貰おう」

「有り難う。私も、ヒナギクを取り戻したい気持ちは同じだから」

マツリカもまた、カイネに向かって右手を差し出す。カイネは躊躇うことなく応じ、固い握手が交わされた。カイネの手は繊細な外見に似合わず、大きくて硬い、仕事人の手だった。

(彼も、色々と苦労していたみたいだしね……)

貴族とか王子様とか、そんなあだ名が似合いそうだし、詩人のように気取った言い回しをするカイネだが、コンピューター関係に精通していたようだし、今は執筆業をしているという。それに加え、彼は罪を犯して異能使いになった人物だ。腰を落ち着けて話す機会があれば、彼のことをもっと知りたいと、マツリカは思った。

「さて、全員で現地に行くということでまとまったようだね。場所は？」

ミカゲは問う。カイネは、パソコンの画面を眺めながら、「丸の内の地下だ」と答えた。

「近いじゃん。今から出発でもよくない？　あの異形が、またどっかで暴れても困るし、やばいおねーサンが攻めて来ても大変だし」

カンナの意見に、カイネは頷いた。

「ああ、その通りだね。今は吸血王子のお陰で、セキュリティも皆無だ。復旧させるのにも時間がかかるし、攻め込みたい」

「そうだった……。ロックが壊されてるんだったわね」

顔を引き攣らせるマツリカに、ミカゲは「えへへ」と子供っぽく笑ってみせた。

「可愛く誤魔化しても駄目だし……」とカンナが呆れる。

「兎に角、準備が出来たら向かおう。君達は――」

ミカゲの顔から笑みが消え、考え込むように目を伏せる。彼が一歩踏み出すと、足元が覚束ないのが分かった。ぐらりとバランスを崩しそうになるのを、カンナが咄嗟に支える。

「えっ、大丈夫？」

目を丸くするマツリカに、「それなりには」とミカゲが苦笑した。彼の白い肌は、青ざめているようにも見える。

「ちょっと、派手にやり過ぎたかもしれないね。個室を貸して頂けるかな。それで、一時間ほど時間を貰えればいい」

ミカゲの要求に、「分かった。でも、無理をしないで欲しい」とカイネは個室の場所を教えた。ミカゲはカンナに支えられながら、そちらへと向かう。

その場に、マツリカとカイネが残された。

「……マツリカ君」

「なに？」

「ヒナギクに、会って行くかい？」

カイネは、奥の扉を見やる。彼女の眠りを守るような蔦や花達を見やり、マツリカは首を横に振った。

「帰って来たら、そうさせて貰おうかな。今は、眠らせておきたいの」

「分かった。君も準備があれば、帰宅してもいいし、この施設の中のものを使ってくれてもいい。私は、潜入ルートを再調査しているから」

「ええ、有り難う」

カイネは頷き返し、パソコンと向き合う。一人になりたいんだな、とマツリカは察した。マツリカもまた、同じ気持ちだったから。

(今、ヒナギクが埋葬されている場所なんて見たら、戦えなくなっちゃうかもしれないしね……)

今はまだ、ヒナギクがいなくなったという実感がないからいい。現実離れした世界の話を嚙み砕くのに必死だから、己を保てている。

マツリカは、出来るだけ目の前のことに集中するようにした。生きて帰ってくれば、幾らでも友人の死を嘆けるのだから。

「一先ず、使えそうなものがあればいいんだけど……」

マツリカはホールを後にし、薄暗い廊下を往く。

マツリカが使うのは暴走族の喧嘩殺法なので、身近な道具を凶器や防具として活用出来る。資材置き場や掃除用具入れがあれば、そこそこの物資は調達出来ると踏んだのだが。

「カイネに聞いておけばよかったかな。意外と広いのね、ここ」

倉庫かと思って扉を開けたら、会議室のような部屋であったり、掃除用具入れかと思って開けたロッカーは、かつてこの施設を使っていたであろう人々の制服が入っていたりした。

「ん？」

話し声が聞こえる。くぐもるような声に、マツリカは自然と引き寄せられた。足音を忍ばせ、明かりが漏れる部屋を、ドアの隙間からそっと覗き込む。

「……!!」

思わず声を出しそうになるのを、無理やり押し込めた。

その部屋には、ミカゲとカンナがいた。しかし、その様子は尋常ではなかった。

「んっ……くぅ……」

「カンナ君……もっと、力を抜いて」

「ごめん……、いつもと、違うから……」

彼らがいる個室はどうやら仮眠室のようで、ベッドに腰を下ろしているカンナに、ミカゲが覆い被さっていた。マツリカの位置からはミカゲの背中しか見えないが、彼の位置からして、カンナの晒された首筋を弄んでいるようで──。

「……ちょ、ミカゲくん……そと……」

カンナに気付かれた。

マツリカは慌てて逃げ去ろうとしたが、「ミス・エージェント」とミカゲに呼び止められた。

「ひぃっ！　ごごごごごめんなさい！　邪魔をする気はなかったの！」

マツリカはぎゅっと目をつぶり、手と頭を全力で振って謝罪する。しかし、鼻を掠めたのは鉄錆のような臭いだった。

「えっ、この臭い……」

思わず、目を開いてしまう。そこにいたのは、口元にハンカチを当てて自分の方を見つめているミカゲと、些か気だるそうな顔をしているカンナだった。

「もしかして……」

「覗き見とか、趣味悪すぎ」

不貞腐れるカンナの首筋には、痛々しい傷跡があった。それも、獣に深く噛まれたような。

「彼の血を、少し貰っていたんだよ」

ミカゲはハンカチで唇を拭うと、口を少し開いてみせた。そこには、肉食獣さながらの犬歯が顔を覗かせている。彼の牙がカンナの首筋に突き立てられたのだと、誰が見ても明らかだった。

「本当に、吸血鬼だったのね……」

「正確には、吸血鬼と呼ばれるに相応しい存在——というところかな。異能のリスクが、このような形で出てしまっただけさ。伝説上の吸血鬼とは違い、日光も平気だし、十字架のモチーフは好きだし、ニンニクも食べられる」

　ミカゲは、ばつが悪そうな顔をしているカンナの首筋を、そっと拭ってやる。傷口に絆創膏(ばんそうこう)を貼ってやりながら、話を続けた。

「僕には、異能使いの血が必要なんだよ」

「そんな……」

「僕達は人の道から外れた者であり、歪んだ存在だ。人ならざる力を得るというのは、そういうことなんだよ。僕は元素を意のままに操れるけど、異能使いの血がないと異能を使えないし、下手をすると正気を維持出来ない」

　ミカゲの話に、カンナもまた気まずそうに俯いた。恐らく、カンナも明かし難い代償を背負っているのだろう。

「質量保存の法則って知ってるかい？」

「ええ。孤立する一つのものに対して、異なる状況になってもエネルギーの総量が変化しないっていうやつよね」

「よく出来ました」

　ミカゲは微笑んだ。

「僕達は宇宙の法則に支配されている。人間だろうとそうでなかろうと、エーテルを用いようとエレキテルを用いようと、それは変わらない。異能使いも、同じさ」

　マツリカは無能力者で特殊能力がないが、正気を保つのに代償は要らない。ミカゲ達は、メリットも大きければデメリットも大きくなるということか。

「だから、一般人にリスクなしで異能を持たせることは、不可能だ。罪を犯させる必要はなくても、必ず何処かに歪みは出る。そんな犠牲者を増やさないためにも、『方舟機関』のような活動は阻止しなくてはいけないだろうね」

「……そう、ね」

「僕は幸い、献身的なパートナーに恵まれたけど、そういう幸運に恵まれる者は少ないから」

ミカゲは微笑むが、その表情は何処か自嘲的で、寂しそうですらあった。彼は、カンナと出会う前まで、どんな想いでその代償と向き合っていたのだろうか。

「それは、お互い様でしょ。俺だけが、君に尽くしてるわけじゃないし」

カンナは、ミカゲにぽつりと呟く。カンナがミカゲに献身しているのと同時に、ミカゲもまた、カンナに献身をしているのだろう。

「あなた達は、いい関係なのね」

マツリカの口から、自然とそんな言葉が漏れた。二人は、お互いの危ういところを支え合い、お互いの傷に向き合えている気がするから。

「ダンテ――カイネ君も恐らく、己の歪みに苦しんでいる。それだけは、覚えていて欲しい」

「ええ、分かった」

彼は優雅な顔の裏で、数々の痛みを抱えているようにも見えた。ヒナギクと絆を結んだ仲として、マツリカは彼を放っておけなかった。

マツリカは深々と頷き、決意を胸にしてその場を後にしたのであった。

きっちり一時間後、四人はホールに集まった。

マツリカが最後に見た時、やや血の気が失せた顔色だったカンナも、いつもと変わらぬ健康的な顔色に戻っていた。ミカゲが一時間を要求したのは、カンナを休息させる時間が欲しかったのだろう。

マツリカの視線に気づいたカンナは、「なに」と不機嫌そうに尋ねる。マツリカは慌てて、「な、何でもないの！　というか、ごめんなさい！」と目をそらした。

「……不可抗力だったんでしょ。他言しなきゃいいけど」

「そんなプライベートなこと、言わないわよ。それとも、私がそんなことをする人間に見える？」

「見えないから許してあげる」

カンナは、それっきり、その話題を口にしなかった。

「怪我は……？」

「もう平気。マツリカちゃんがしっかり包帯を巻いてくれたから、くっついた」

カンナは、ひらひらと手を振った。確かに、彼の足取りはしっかりしたものになっている。この回復力も、異能の一つなのだろうか。

目指す先は、丸の内の地下だ。カイネは既にルートを確保しており、一行は彼の案内に従うことになった。

最寄りの駅からメトロで移動し、大手町駅で降りる。周辺がオフィスで囲まれたエリアなので、スーツ姿の人間が大勢歩いていた。マツリカ達のことなど目もくれず、自分達の目的地に向かって真っ直ぐと。

（私も、つい先日まではこの中の一人だったんだけどな）

マツリカは、パンプスをカツカツと鳴らしながらオフィス街を颯爽と歩いていた頃を思い出す。それはもう、何年も前のことのように思えた。

（でも、今更戻ろうとは思わないな）

過去と決別するように、マツリカはスーツの人々を掻き分けて、カイネの背中を追った。

地下道を延々と歩き、時にはビルの通用口から入り、現在位置が大手町の近くなのか東京駅に近づいたのか、分からなくなった頃、カイネは重々しく閉ざされた鉄の扉の前で止まった。

それは、関係者以外立ち入り禁止区域の奥を、延々と歩いた先にあった。

「この先はもう、機関の領域だ」

「僕達が侵入した入り口とは違うね」

ミカゲは、近づくものを阻むオーラを漂わせている鉄の扉を見つめ、そう言った。

「機関の施設の入り口は幾つもある。君達が知らないものも多いはずだ。そして、そこから逃れた者も多い」

かく言うカイネも、その一人だ。しかし、ミカゲは特に悔しがりもせず、「そっか」と相槌を打った。

「『ノアシステム』には、近いの?」

マツリカが尋ねると、カイネは頷く。

「メインコンピューターから得た情報だと、この入り口がラボに直結している。私も使ったことがない道だ。逆に、アンネローズ博士は利用しているだろう」

「そっか。もしかしたら、この先に……」

あの蛇腹剣を持った、冷酷なアンネローズがいるかもしれない。あの時見せた力が彼女の実力の全てだとは思えないし、彼女の異能も分かっていない。

警戒しなくてはと、マツリカは己に言い聞かせる。

しかし、手強い相手であると同時に、ヒナギクを『ノアシステム』に導いた人物だ。システムに身を捧げることがヒナギクの意思だとしても、手を下したのはアンネローズだろう。

そう考えると、ヒナギクの仇とも言えた。

（完全に私怨だけど）

自覚しているが、握った拳の力は抜けなかった。マツリカの右拳は今、岩のように握り固められている。

「博士以外にも、君達に処理して貰ったような異形が待っていることだろう。彼らの正体は、恐らく、『ノアシステム』の実験材料となった動物達だ」

カイネ曰く、機関のメインコンピューターにはそれらの実験レポートがアップロードされていたのだという。哀れな実験動物達は、時任やミカゲ達が機関を鎮圧した後も生み出されていた。断罪者達の目を免れたアンネローズが、秘匿となっていた実験場でシステムを完成させるため、日々、研究を行っていたのだ。

「だから、今になって目撃されていたわけだね。チップを埋め込んで操っていたのは、地下の警備をさせるためかな」

ミカゲの予想に、「恐らく」とカイネは頷く。

「前頭葉に打ち込んだチップを遠隔操作し、微弱な電気で彼らを操っていたのだと思う。哀れなことにね……」

カイネは、自分のことのように哀しそうに目を伏せた。

「それじゃあ、早く行かなくちゃ。人間だろうが動物だろうが、これ以上、被害者は出しちゃ駄目よ。ヒナギクも、そんなことに加担させたくないし」

マツリカは、カイネの背中を押すように言った。

「念のため、侵入前に君の意思を確認しようと思ったのだけど、愚問だったようだ」

わずかに微笑みながら、カイネは鉄の扉の脇にあったパネルに暗証番号を入力する。

ガチャンと鋭い音がしたかと思うと、扉がひとりでに開いた。

「行こう。早く」

カイネを先頭にして、一行は扉の向こうに滑り込む。

びゅうっと冷たく湿った風が、四人の頬を撫でた。扉の先は、吹き抜けの螺旋(らせん)階段だった。

「これ、何処まで続いてるわけ……？」

カンナは、底の見えない螺旋階段に息を呑む。非常灯は所々で点灯しているが、辛うじて足元に階段があるのが分かる程度の明るさだ。

「案外、コキュートスまで続いているかもしれないね」

ミカゲは、冗談交じりで言った。

「この先にいるのが、地獄に繋がれているルシフェルならば、趣きがあったかもしれないのだけど」

　カイネは、小さく溜息を吐いた。

「……なんか、二人とも似てるよね。ちょっと聞いただけじゃ分かんない言い回しをするところとか」とカンナは呆れ顔だ。

「本当に。立場が違っていたら、友達になれたんじゃない？」

　マツリカもまた、肩を竦める。カイネとミカゲは、太陽と月のようでもあったが、地上にいるものからしてみれば、同じく空に浮かぶものだった。

　カイネとミカゲが、顔を見合わせる。だが、その時、カンナがハッと顔を上げた。

「羽音だ……！」

　次いで、ミカゲが眼下を見やった。

「獣の臭いだ。来る……！」

　次の瞬間、凄（すさ）まじい風が一行を煽る。それが風ではなく音だと気付いたのは、鼓膜が破れんばかりに震えていたからだ。

「なに、今の……」

　マツリカは、咄嗟に耳を塞いだが、そのままにしていたら、確実に鼓膜は吹き飛んでいただろう。

羽音が、地の底からやって来る。マツリカが階段から身を乗り出すと、巨大な一対の翼が窺えた。

悪魔か。それとも、地獄に繋がれた魔王か。

「蝙蝠だ……！」

カイネは息を呑む。地下からやって来たのは、人の二、三倍の大きさの蝙蝠だった。

「どうやら、地獄の主の使者のようだね」

ミカゲがステッキを構え、カンナがナイフを取り出す。

「ダンテ、ミス・エージェント！　ここは僕達に任せて！」

「しかし……」

カイネは躊躇を見せる。だが、ミカゲは畳み掛けた。

「相手は、音波を放つ動物だ！　君は対策をされている！　ここは、遠距離攻撃に長けた僕と、弱点を見抜けるカンナ君に任せて！」

「そういうこと。こっちは俺達に任せて、因縁の相手に会って来なよ。二人で、お姫サマを救うんでしょ？」

カンナは、何ということもないように軽口を叩いて二人を安心させようとする。

「……恩に着る。この借りは、必ず返そう」

カイネは二人に一礼すると、マツリカに目配せした。マツリカは、こくんと頷く。

「二人とも、どうか無事で……！」

マツリカはカイネとともに駆け出す。その背中に、ミカゲの声が響いた。

「君達もね。あと、僕はこの施設の熱を使って異形を焼き尽くすつもりだから、停電になる前に終わらせるように！」と。


遥か頭上で轟音が響き渡り、火の粉がパラパラと落ちて来る。ミカゲとカンナが戦っていることを実感しながら、マツリカはカイネとともに地の底へと着いた。

階段を下り切った先には、長い廊下がある。その突き当りに、広い部屋があった。

「もしかして……」

ぼんやりと明るい部屋からは、人の気配がする。マツリカとカイネは先を急いだ。

近づけば近づくほど、部屋には見覚えがある気がした。無数のコンピューターのモニタが輝き、室内を不気味に照らしているその場所は、紛れもなく、ヒナギクのビデオメッセージの背景だった。

「そう言えば、ヒナギクの身体は何処で見つけたの？」

マツリカは、素朴な疑問を投げる。カイネは、先を急ぎながら答えた。

「この部屋によく似た場所だ。何処かで繋がっているのかもしれない」

「……そっか」

異能を摘出して用が済んだから、ヒナギクの遺体を別室に放置したのだろうか。まるで、自分のテリトリーから不要なものを排出するように。

それがアンネローズの仕業だとすれば、赦せないとマツリカは思った。

突き当りの部屋まで、あと少しのところで、マツリカは鋭い気配に気づく。

「カイネ！」

叫んだ頃には、彼も気付いていたようだ。二人が身を翻すと、その間を蛇腹剣が掠めて行った。

「残念。早々に冥途に送って差し上げようと思いましたのに」

「アンネローズ！」

部屋の中央には、蛇腹剣を構えたアンネローズが仁王立ちになっていた。優雅なドレス姿とはかけ離れたその雄々しさと殺気に、マツリカは息を呑む。

その背後には、巨大な柱があった。

「あれが、『ノアシステム』なのか……？」

カイネは柱のようなものを見上げる。

そう、それは柱ではなかった。柱のように聳え立つ、建造物のような機械だった。無数のコードは血管のようですらある。幾つも備え付けられたモニタは、脈動するように点滅していた。

「あそこに、ヒナギクが……」

マツリカには、異形のコンピューターが牢獄に見えた。地の底に繋がれているのは、魔王ではなく聖女であり、友人だった。

「あら。あなたもミス・弥勒院とお知り合い？」

アンネローズは興味深そうに問う。

「ええ。それが何か？」

「いいえ。彼女は素直でいい子でしたわ。ご友人も、さぞ、扱い易かったかと」

「は？　どういうこと？」

飽くまでも淑やかなアンネローズを、マツリカはねめつける。アンネローズは、くすりと嗤った。

「システムを完成させるためには、どうしても彼女の力が必要だったのです。ですから、一芝居打ったのですわ」

アンネローズは語る。おとぎ話でも聞かせるかのように。

「彼女は、そこの男が背負った罪と、与えられた罰について気にしておりましたの」

アンネローズの視線が、カイネに向かう。カイネの表情が、一瞬にして強張った。

「どうにかして、彼の罪が赦されて、与えられた罰を消したい、と。だから、私は言いましたの。『ノアシステム』さえ完成すれば、あなたの恋人を救済することも出来ると、ね」

「そんな……」

カイネの唇が震える。マツリカの拳もまた、ぎゅっと握り締められた。

「でも、それは真っ赤なウソ……」

「方便と言って欲しいものですわ。そのお陰で、彼女は強制的にシステムに乗せられずに済んだんですから」

アンネローズは、しれっとしていた。

「お馬鹿だと思いませんこと？　犯してしまったことが赦されるなんて、ムシのいいことはないというのに。覆水は盆に返らないし、死人は蘇らない。そうでしょう？」

「だからって……！」

「人の道を踏み外してしまったら、その状況を楽しむしかありませんわ。私のように」

歌うような声を紡ぎながら、アンネローズは微笑む。

「あなたのように？　あなたは、人類が終末から逃れるために、進化させるっていう研究をしているんじゃないの？」

その形が間違っていたとしても、人類の未来に貢献しようとしていたはずだ。そして今も尚、それを実現するため、システムを完成させようとしているはずだ。

しかし、アンネローズは肩を竦めた。

「同僚は、そういった方々ばかりでしたが、生憎と、私は違います。私は研究がしたいだけ。そして、人類の限界を見たいだけですわ」

「そんなことのために……！」

「あら？　あなたは興味がないかしら？　前に突き進み、成長に成長を重ねた先に、何が待っているか」

「興味はないわけじゃない。でも、人の道を外れた先を見たいわけじゃないわ」

「その人の道とやらも、何を以てして外れているというのやら」

アンネローズは、鼻で嗤った。

「あなたも、人の道を外れたんでしょう……？」

「少なくとも、そうらしいですわね」

「そうらしい……？」

マツリカは訝しげな顔をする。カイネもまた、警戒するようにアンネローズを見つめた。

「あるところに、一人の男の子がいました」

アンネローズは、唐突に語り出す。まるで、おとぎ話を聞かせるように。いや、それにしては、ひどく自嘲的な様子で。

「その男の子は、世界の理を知るのが好きで、科学に傾倒していました。感情は化学反応の一つであり、魂とは概念上の存在であることを知り、自らの気持ちを制御する術を持っていました。しかし——」

「しかし……？」

「たった一つ、制御出来ない気持ちがありました。恋です」

甘酸っぱい話に相応しくないほど投げやりな表情で、アンネローズは言い放った。

「その男の子は、学校のクラスメートに恋をしてしまいました。しかし、その気持ちは相手にも、他人にも受け入れられ難いものでした」

「どうして……？」

「相手は、同性だったからです」

アンネローズの言葉に、マツリカは息を吞む。マツリカは特に偏見を持たないが、理解し難いとしている人達がいることも知っていた。アンネローズの言う『男の子』は、そんな人間達に囲まれていたのだろう。

結局それは、彼の失恋に終わった。だが、男の子はその後も、似たようなことを何度も繰り返してしまった。

「彼は、何度も感情を制御しようとした。しかし、それは出来なかった。そうしているうちに、自分が女になれば問題ないのでは、と思い始めるようになったのです」

男の子は、長い年月をかけて、自分の身体を完全に女に変えようとした。だが、彼は慎重だった。すぐに自分で試さず、何度も何度も実験を重ねて精度を上げた。

「……それって、もしかして」

マツリカは、顔から血の気が引くのを感じる。彼女の想像を肯定するように、「そう」とアンネローズは頷いた。

「他人で人体実験を幾度となく繰り返し、失敗を重ねた結果、彼はようやく理想的な女の身体を手に入れた。その頃には、彼は人の道を外れた異能使い——咎人になっておりましたの」

アンネローズはスカートを摘まみ、優雅に微笑んでみせる。

「あんたが、その男の子……」

「さて。ご想像にお任せしますわ」

そう言ったアンネローズの瞳の奥は、すっかり渇いていた。理想の姿を手に入れることと実験を重ねることに没頭し、恋する気持ちとはどんなものだったか忘れてしまっているように見えた。

「自分のなりたい生き方を選んだだけで人の道から外れるなんて、この世界はなんて残酷なのでしょう」

「それは、純粋な想いを成就させるための手段を間違えて、歪んだクソ野郎になったからよ！　他人を犠牲にするなんて、間違ってる！」

アンネローズが、その肉体を手に入れるために、一体何人の人間が犠牲になったのだろうか。マツリカは、怒りと不快感が込み上げて来るのを感じた。

「女に生まれたあなたに、私の気持ちは分かりませんわ。——さて、お喋りもここまでにしましょうか」

アンネローズは、袖口に仕込んでいた何かを取り出そうとする。刹那、カイネの声が響いた。

「——好奇心に憑かれた科学者、微睡みと混沌に誘われよ！」

すると、アンネローズの身体が、ぐらりと揺れる。彼女は一言も発することなく、仰向けに昏倒した。主の手から離れた蛇腹剣は、事切れた蛇のように床へと落ちた。

「今の……」

「彼女には気絶して貰った。今のうちに、システムを止めよう」

マツリカは、倒れているアンネローズを見やる。彼女にはまだ言い足りないことがあったが、今は後回しだ。

「ええ、そうしましょう」

マツリカはカイネに頷く。しかし、カイネはマツリカを見つめたまま、動かなかっ

すね」

優雅に冷酷に、アンネローズはカイネに向かって柳葉刀を振り上げた。

マツリカは、顔を上げる。気付いた時には、叫んでいた。

「ヒナギク、聞こえる!?」

マツリカの声は、部屋の中心にある『ノアシステム』に向けられていた。いや、そのシステムの中に組み込まれている、親友に。

アンネローズは手を止め、訝しげにマツリカを見やる。「なにを、馬鹿なことを」と鼻で嗤うが、マツリカは気にも留めなかった。

「あんたは悔しくないの、このままで！」

叫ぶマツリカを、カイネも見つめていた。「マツリカ君……」と心配そうに見つめる様子は、あの天上から舞い降りた使者のような雰囲気など微塵もなく、弱々しい青年にしか見えなかった。

「あんたの王子様がピンチなのよ！　それなのに、見ているだけのお姫様になりたいわけ!?」

マツリカの言葉に応じるように、ふわりと、淡い光がシステムのあちらこちらに灯る。一定の間隔で脈動していただけの点滅が、息を吹き返したように明るくなった。

「なっ……、これは……？」

アンネローズの目が、驚愕に見開かれる。

システムに埋め込まれていた無数のモニタには、おとぎ話のお姫様のように美しく、聖女のように慈しみ深い女性が、戦士のような勇ましい顔で映っていた。

「ヒナギク！」

『マツリカちゃん、カイネ。どうか……』

画面の中のヒナギクは、祈るように囁いた。

『どうか、私の祈りを受け取って……』

消え入りそうな声。しかし、それに反するかのような眩い光が、システムのありとあらゆるモニタから溢れた。

「そんな……馬鹿な……」

アンネローズは、システムが、そして、マツリカとカイネの身体が光に包まれるのを見つめていた。

「なんて……美しい……」

彼女の紅を差した唇から、驚嘆とも感激ともとれる言葉が漏れる。

一方、マツリカは己の力が、内側から溢れるのを感じた。

「これが、ヒナギクの異能……」

『成長促進』の力だ。

マツリカはそれを受け取ると、ぐっと拳を握る。彼女は、己の右拳に未だかつてないほどの力が宿るのを自覚した。これなら、どんな壁も壊せる気がする。

呆然としていたアンネローズであったが、マツリカの殺気に気付き、柳葉刀を構え直す。

対するマツリカは、吹っ飛ばされた衝撃で鉄板仕込みの靴も何処かへ行ってしまったし、丸腰だった。

アンネローズは、まずはマツリカから始末しようと駆け出す。だが、カイネは言霊を放った。

「科学の御子にして驕れる暴君、石像の如く静止せよ！」

「ちっ、小賢しい！」

アンネローズは、カイネの言霊が発せられると同時に、自らの経穴を突く。それで一時的に神経を遮断し、カイネの言霊の影響を逃れようとした。

しかし、アンネローズの身体は静止した。カイネの言霊が示したように、石像の如く。

「そうか……！　『ノアシステム』の力で……」

アンネローズは、辛うじて動く唇を噛む。その眼前には、マツリカの拳が迫っていた。

「『ノアシステム』の力じゃない！　これは、ヒナギクの祈りの力よ！」

「ひっ――」

ゴッと凄まじい音が響く。

マツリカの拳がアンネローズの顔面を捉え、力の限りに振り抜かれた。

アンネローズは悲鳴を上げる間もなく、遥か後方にあった壁へと打ち付けられる。

壁には罅が入り、磔にされた罪人のようになった彼女は、呻き声も上げずにその場に伏せた。

「……いや、吹っ飛び過ぎだし」

マツリカは、己の拳の威力に息を吞む。

力は出し切ってしまったようで、身体を包んでいた淡い光は消えていた。マツリカの中には、在りし日の思い出のような、温もりだけが残っていた。

「……見事だった。さあ、今度こそシステムを停止させよう」

カイネは立ち上がり、『ノアシステム』に歩み寄る。「ええ」とマツリカも続いた。

モニタにはもう、ヒナギクの姿は映っていなかった。ブルースクリーンだけが、システムにエラーが生じているという文字列を吐き出していた。

カイネは、キーボードを叩く。

何故か彼は、斬頭台に向かう囚人のような面持ちだった。

「私は、ハッカーだった」

彼は、ぽつりと呟いた。システムの内部に潜り込み、一つ一つ初期化していきながら。

「と言っても、生業にしていたわけではないんだ。多少のスキルを持っていて、大企業の悪徳な取引を暴露し、正義の味方気どりをするのが趣味だった」

元々は、一介のプログラマーだったという。しかし、世界があまりにも汚れているように見えて、自分なりに『浄化』をしたいと思ったのだ。

「正義の味方気どりって……。悪いことを裁くのは、いいことなんじゃない？」

マツリカはカイネをフォローするものの、カイネは首を横に振った。

「悪徳の上に生かされている人々もいる。ヒナギクの父親の会社のようにね……」

「まさか……！」

「彼女の父親の会社が傾いたのは、私のせいだ」

カイネは指を動かし、画面に釘付けになりながらも、告白を続ける。システムに張り付いたモニタの幾つかは、既に、彼によって沈黙していた。

「とある筋の依頼で、私は、彼女の父親が経営する会社の不正の証拠を見つけた。不正には別の人物も関わっていて、その人物に関しては表向きには揉み消された。私の介入が、会社が傾いた本当の理由だろう」

だが、会社には大勢の従業員がいた。別の会社に再就職出来た人々ばかりではない。路頭に迷う人もいれば、生活が困窮して死を選ぶ人もいた。

彼らは雇われていただけで、悪事に加担していない無罪の人々なのに。

「彼女の会社は尻尾切りされたんだ。そして私は、口止め料を渡された。……私も、いつの間にか汚れた者の一員になっていたのさ」

カイネの横顔が、自嘲に歪む。

彼は結局、会社を辞めて行方を晦ませた。口止め料は、それを渡した人物に突き返したという。

「それで、人の道を外れて異能力者に？」

「いいや。きっかけはその後さ。その時は私も冷静ではなかった。『汚れ』を、『掃除』してしまったんだ」

その汚れとは、不正に関わりつつも、ヒナギクの父親の会社に全てを擦り付けた人物のことだった。

ＡＩに管理されることが多くなった世の中は、ＡＩを味方につけることが出来るカイネにとって好都合だった。彼はキーボードを叩き、機械達に絶対命令の言霊を刷り込み、それに従う人間達の予定を少しずつ狂わせて、ビリヤードで球をポケットに放り込むように、『汚れ』を『消し』た。

完全犯罪か、とマツリカは心の中で呟いた。

「そうなるね」

カイネが頷いたのに、マツリカはぎょっとする。口には出していないはずなのに。

「これが、私の異能の代償なんだ。言霊を使うと、他人の心の中の言葉がランダムで聞こえるようになる」

「そ、それは、お互いにしんどいわね……」

マツリカは知っている。この世の中は、腹の探り合いで仮面の被り合いだということを。特に大人の世界では、相手にいい顔をして、相手をどう都合よく操るかが重要になってくる。他者に媚びるのを嫌うマツリカが、会社で嫌悪していたことの一つだった。

「ああ。お陰で、世の中の『汚れ』が可視化されるようになってしまった。だから私は、人のいない方へと逃げて、逃げて、その先で――」

「ヒナギクに会った」

カイネは頷く。

室内を照らしていたモニタの光はほとんど消え、すっかり暗くなっていた。コンピューターのファンの音が小さくなったせいか、遠くから地響きが聞こえるのにマツリカは気づいた。ミカゲとカンナが、あの異形と交戦している音だろう。

「お互い様というところかな。君達の力が必要になったら、相談させて貰うよ」

「喜んで」

カイネは、ミカゲに頷く。

螺旋階段を登り切り、鉄の扉を開いた瞬間、光が四人を迎えた。鉄の扉を潜る時、マツリカは耳元ではっきりと声を聴いた。

『マツリカちゃん、カイネ、有り難う』

「ヒナギク……」

カイネの耳にも届いたのか、彼もハッとした表情で天井を仰ぐ。その背後では、鉄の扉が大きな音を立てて閉ざされた。黄泉の国への道を、完全に塞ぐように。

「……あー、これはダメっぽいな」

カンナは、どのキーを押しても反応しないタッチパネルを見てぼやいた。タッチパネルを制御していた機械が、扉の向こうで破壊されたようだ。恐らく、崩れた瓦礫によるものだろう。

「もう、二度とあの場所に行けないわけね」

「構わないだろう。私達には、必要ない場所だから」

カイネは過去と決別するように、扉に背を向ける。それを見たマツリカは、「そうね」と彼に並ぶように帰路を振り返った。

くってよ……」

流石にそれはどうなの、とマツリカは自らにツッコミをする。そんな、殺意が高すぎる従業員を雇う方も雇う方だが。

「なんかよく分からないけど、気合いヤバ過ぎ」とカンナが苦笑し、「いいじゃないか。元気があって」とミカゲが微笑ましそうにする。

その後ろで、微笑んでいる女性をマツリカは見つけた。

それは、ヒナギクの姿だった。

希薄な姿だが、確かな存在感があった。彼女は、地の底の檻から解き放たれ、今、自分達とともにあるべき場所へと向かおうとしているのだと、マツリカは悟った。

「さあ、帰りましょう」

マツリカは颯爽と歩き出す。罪を背負った異能使い達と、そして、ヒナギクと。

たとえ茨の道や獣道でも、信じて進めば道が踏み固められ、明るい未来を作れるはず。そう確信しながら、マツリカは地上へと向かったのであった。

File.03.5

焼き肉、或いは飲み会

ホールに戻ると、ガーデンテーブルの上でパソコンのキーボードを叩いていたカイネの姿が消えていた。

彼の行動は読み辛い。猪突猛進気味のマツリカに対して、カイネはすこぶるマイペースで、マツリカの想像の範疇を飛び出していた。

飲み物でも買いにコンビニに行ったのかな、と思ったマツリカだが、違うだろうな、と打ち消した。

「カイネ？」

そういう時は、一先ず名前を呼んでみることにしている。

すると、室内を埋め尽くす植物の一角から、白い手がすっと生えていた。

「失礼。こちらにいるよ。何か？」

「ああ、ごめんなさい。姿が見えなかったから、どうしたのかなと思って」

マツリカはカイネの声が聞こえた方へと、足を向ける。

すると、彼は植物の手入れをしていた。

「君がヒナギクと話している時、どうも落ち着かなくてね。それで、つい」

「あら。あなたにもそういう感情があるのね」

悪戯っぽいマツリカに対して、カイネは困ったようで寂しそうな笑みを浮かべた。

「私は、君達に罪悪感があるから」

「そんなの、感じることないって。あなたは、ヒナギクを大切にしてくれたもの」

だからこそ、ヒナギクは奇跡を起こすことが出来たのだ。アンネローズの目論見を阻止出来たのは、カイネがヒナギクと確固たる信頼を築けていたからだと、マツリカは思っていた。

「それは君もだよ、マツリカ君」

カイネは、マツリカにさらりと言った。カイネに対する評価を、そっくりそのまま返されたような気がして、照れくさくなったマツリカは「そ、そう……？」と頬を掻く。

「君は、これからどうするつもりだい？」

「どうして？」

「ヒナギクと会って、心が変わったり、決まったりしたかと思って」

カイネのオリーブ色の瞳が、マツリカをじっと見つめる。その視線が何処か不安げなことに気付いたマツリカであったが、敢えて見ないふりをして、自らの本音を語った。

「失ったものの痛みを感じているのは、私達だけじゃないと思うの。だから、そういう人達に手を差し伸べたいし、そういう人達を増やさないようにしたい。……出来れば、あなたと一緒にね」

私は社員ですし、と付け加えるマツリカに、カイネは安堵するように微笑んだ。

「それは良かった。私も、君と同じ気持ちだ。痛みを知るものだからこそ、出来ることがあるからね」

「ふふっ、良かった」

「これからも宜しく、マツリカ君」

カイネは手を差し伸べる。マツリカもまた、握手に応じようとしたが、カイネの整った手が、土まみれなことに気付いた。

「おっと、失礼」

カイネは慌てて手を引っ込める。

「いや、別に土くらい気にしないけど」

マツリカは、行き場所を失った手で虚空を摑みながら苦笑する。

「植物の世話をしていると、気持ちが落ち着くんだ」

カイネは手近な植物に向き合うと、そっと手を伸ばす。

「成程。まあ、あなたと植物って絵になるし、見てる側も眼福っていうか……」

確かに、カイネは植物に囲まれている姿が似合っているし、肉体の生々しさを感じさせない容姿は、草花の精霊かなにかのようにも見える。

　彼の長い指は小さな赤い実を撫で、細い枝からそっともぎ取った。その熟れた実は、マツリカにも見覚えがある。

「へぇ、プチトマトを栽培しているのね」

「ああ。他にも色々と」

　カイネの足元には、掘り起こしたばかりのミニニンジンや小蕪、二十日大根などが横たわっている。皆、ふっくらと肥えていて、食べごろであることを主張していた。

「家庭菜園……」

　そう。カイネがいる場所は、野菜ばかりが植えられていた。ヒナギクの異能の影響で土壌がいいので、どの作物もよく育つのだろう。

　神秘的な草花の妖精は、庶民的な野菜の妖精に見えてくる。

「もうすぐランチタイムだしね。マツリカ君も、どうだい？」

「あなたのランチ、自給自足なの!?」

　思わず声をあげるマツリカに、「そうさ」とカイネは頷いた。

「自分で育てたものの方が、愛情を持って食べられるしね」

「成程……。それは一理あるかも」

　マツリカは基本的に、コンビニ飯かスーパーの総菜ばかりだ。独り身なので、自炊をするより買ってしまった方がコスパもいい。

「私も見習わないと……」

今日のランチも、コンビニでミートソースパスタを買ってしまった。カイネにはプチトマトを幾つか分けて貰い、野菜をチャージすることにした。

「カイネは自炊もするのね。私も出来ないこともないんだけど、一人分のごはんってコストパフォーマンスが悪くて、どうもね」

「自炊というほどでもないさ。野菜はそのまま食べられるし」

「ん？」

カイネはにっこりと微笑むと、収穫した野菜を手にして厨房へと消えて行く。

新鮮な野菜を抱える金髪美形って、少しシュールだなと思いながら、マツリカはそれを見送った。

程なくして、カイネはマツリカのもとに戻って来る。透明なグラスに、細く切った野菜を詰めて。

「野菜スティックだ！」

マツリカは目を剝いた。

前職で、ダイエット中の女性社員が食べていたものだ。あれでお腹が膨れるのかな、と心配になりながら眺めていたのを思い出す。

「えっ、それだけ？　ランチはそれだけなの？」

「ああ」

カイネは爽やかに微笑む。

一方、マツリカの昼食は、コンビニで買った大盛りのミートソースパスタだ。炭水化物でカロリーは圧勝、慎ましさは完敗だ。

「ダイエット中ですか⁇」

思わず、丁寧語で尋ねる。

「いいや。私にはこれが適量なんだ。手製の味噌もあるしね」

カイネは、野菜スティックに添えた味噌を見やる。

「味噌も手作り⁉　いや、味噌はカロリーに入りませんよ⁉」

マツリカはツッコミをするものの、カイネは「私が欲しているのは、カロリーではなく大地の恵みだから」と微笑んでかわし、野菜スティックを食べ始める。

その優雅さは貴族のごとく。野菜スティックのせいで、高貴なウサギにすら見えた。

「草食男子……」

系という生易しい漢字はいらない。超自然派のカイネを眺めながら、マツリカは肉がゴロゴロと入ったパスタを食べていた。

「肉は食べないの？」

「そうだね」

「そういう宗教とか、アレルギーとか……」

「いいや」

カイネは静かに首を振った。

「君が炭水化物を好むように、私も野菜が好みなんだ」

「い、いや、私はパスタが好きというか、肉の方が好きで……」

マツリカは心配になって来た。

この男は、野菜しか食べないのだろうか。栄養は足りているのだろうか。裏社会にいると戦闘が避けられないこともあるし、基礎体力をつけた方がいいんじゃないだろうか。とはいえ、一緒に行動していた時はちゃんと動けていたから問題はないかもしれない。でも、今は問題が無くても、後々、影響が出るかもしれない。

どうにかしなくては。

マツリカの中に使命感が芽生える。ヒナギクの大切な人だし、倒れられてしまっては困る。それに、マツリカ自身、マイペースな彼といると、突っ走りそうになる感情が抑えられるのだ。

彼のためにも、自分のためにも、野菜以外も食べて貰おう。

「あ、あの」

「何か？」

　カイネは、不思議そうに首を傾げる。

「打ち上げをしましょう！　ひと段落着いたお祝いに！　そして、新たな門出に向けて！」

「節目を作るということか。いいね。打ち上げの費用は、私が出そう」

「おお……、太っ腹……！」

「ミカゲ君とカンナ君も招こうか。彼らにも恩があるし」

「そうね！　私が連絡しておく！」

「店の予約も任せても？」

「勿論！」

　頷きつつも、マツリカは内心で安堵していた。

　打ち上げは焼き肉にしよう。

　カイネに少しでも、たんぱく質を与えなくては、と燃えていたのであった。

　丸の内にある高級な焼き肉店にて、マツリカとカイネ、そして、ミカゲとカンナが揃った。

　個室でテーブルを囲み、ミカゲは恭しく頭を下げる。

「お招きに預かり、光栄だよ」

「ホント。社長サン、気前良過ぎでしょ。俺達、ちゃんと報酬も貰ったのに」

ミカゲの隣で、カンナは「さんきゅ」とカイネに礼を言う。あまりにも軽い挨拶を前にしても、「どういたしまして」とカイネはいつもと変わらぬ様子で応じた。

「君達の助力があって、ヒナギクがあるべき場所へと行けたんだ。感謝してもしきれないよ」

「それでは、彼女に献杯を。そして、君達の新たなる道に乾杯をしよう」

ミカゲはワインが入ったグラスを掲げる。それに対して、カンナはカクテルを、マツリカは生ビールを、カイネはリキュールが入ったグラスを掲げた。

「カイネは、リキュールなのね……」

果実やハーブで風味をつけるからか、とマツリカは妙に納得してしまう。

「リキュールの原型は、生命の水と言われているからね」

ミカゲは別の方面で納得したらしい。

「生命の水？」とカンナは、ルビーのように紅い（あか）カクテルを携帯端末で撮りながら、尋ねた。

「そう。またの名を、アクアヴィテ。錬金術におけるエリクサーという薬液のもとになったのさ」

夜がすっかり更け、東京の街がようやく眠り出した頃のことだった。

都内にある宝石店街の一角で、一つの影が蠢く。

それは、セキュリティが厳重なはずの宝石店の裏口を容易に開けて、煙のようにするりと入り込んでしまった。

全身を闇の色で包み込んだこの男は、連日、宝石店街を騒がせている窃盗犯であった。

非常灯だけが店内をうすぼんやりと照らす中、窃盗犯は大胆にも、店の中央にあるガラスケースに手を伸ばす。

その中には、手のひらほどの大きさで、燃え上がるように真っ赤な石が収められていた。

ガラスケースには鍵がしっかりと掛かっているのだが、窃盗犯が手をかざすと、何故かひとりでに開いてしまう。

「よしよし。これもいい金になりそうだ……」

窃盗犯は舌なめずりをすると、真っ赤な石をむんずと摑む。そして、我が物顔で革のバッグに放り込み、他の宝石も漁ろうとした。

その時だった。

「はい、現行犯。まあ、店に勝手に入った時点で不法侵入だけど」

パッと店の照明がつく。

窃盗犯が驚いて振り返ると、裏口に通じる扉のすぐそばに、若い女が仁王立ちで立っていた。

鳳凰堂マツリカである。

「な、いつの間に……！」

「室内に潜んでいた私に気付かないあたり、夜目は利かないみたいね。カイネが言ったとおり、咎人で『開錠』の異能使いってとこかしら。鍵だけでなくセキュリティも解除できて、監視カメラも停止させるなんて、なかなかのチートだけど」

「く、来るな！」

窃盗犯は、マツリカの隙のなさに慄き、後ずさりをする。武器になるようなものは持っていない。ハンマーなどの工具がなくとも、目的が果たせるからだ。

「悪いけど、あんたのお願いは聞けないね。警察が呼ばれたはずだから、それまでおねんねしてもらうわ」

マツリカはずかずかと窃盗犯と距離を詰める。その右拳には、メリケンサックがはめられていた。

「ちぃっ！」

ただならぬ殺気を感じた窃盗犯は、表から出ようと踵を返した。

シャッターが閉まっていたが、自動であった。それなら、手をかざして異能を使うだけで、ひとりでに開く。

窃盗犯はシャッターにすがり付き、『開錠』の異能を使って出口を作ろうとする。

ほんの少しでいい。自分が潜り込めるだけのすき間さえできれば、そこから逃げられる。

だが、少しずつ開いていたシャッターは、突如止まったかと思うと、ゆっくりと閉まり始めたではないか。

「な、なんだ⁉　異能は発動しているはずなのに！」

「残念だったわね」

マツリカの声が、間近で聞こえた。

恐る恐る振り返ると、にこやかに殺気を湛えた彼女が、すぐ後ろに立っていた。

「うちの社長がハッキングであんたの異能の邪魔をしてるわけ。あんたが開けられる出口は、もうないわ」

「くっ……！」

窃盗犯は、何度もシャッターを開けようと試みる。だが、ほんのわずかに開いたかと思うと、すぐに閉まろうとするのだ。いくら異能を使っても、その後に上書きをされてしまう。

「一つ、聞きたいんだけど。あんたは、なんで宝石を集めてるの？」

「決まってるだろ。金になるからだよ！　高飛びするのに金が必要だってのに！」

窃盗犯はやけを起こしたのか、シャッターを殴りつける。マツリカは、「ま、そんなとこか」と溜息を吐いた。

「さて、大人しく拘束されるならよし。そうじゃなかったら――」

「誰が大人しく捕まるか！」

マツリカの口上が終わらないうちに、窃盗犯は飛びかかった。

マツリカはメリケンサックを装備しているとはいえ、男女の体格差もある。窮鼠となった窃盗犯は、力押しで何とかしようと試みたのだ。

だが、マツリカは冷静だった。

「だよね」

彼女が苦笑したかと思うと、鋭い回し蹴りが窃盗犯に炸裂する。

「うごぉ!?」

窃盗犯はよろめき、手にしていた革のバッグが落ちる。煌めく石が床に転がる中、マツリカは電光石火で踏み込んだ。

「だったら、無理やり眠らせるまで！」

窃盗犯の鳩尾に、マツリカの拳が打ち込まれる。

ドスン、という鈍い音が店内に響いたかと思うと、窃盗犯は声にならない叫びをあげ、呆気なく気を失ったのであった。


「やれやれ。早く気絶してくれてよかったわ。そうじゃなかったら、タコ殴りにしなきゃいけなかった」

マツリカは気絶している窃盗犯を縛り上げながら、ため息を吐く。

相手にケガをさせ過ぎると、警察に引き渡す時に厄介なことになるのだ。それに、相手を不用意に傷つけたくもなかった。

「お疲れさま、マツリカ君。荒事を君に任せてしまってすまなかった」

店の奥から現れたのは、カイネだった。彼の美しい貌には罪悪感が滲んでいた。

「別にいいのよ。お陰様で、昔の勘もかなり戻ってきたし」

「しかし、私が安全なところにいるというのも……」

カイネは言いよどむ。マツリカは、インカムと小型カメラを取り外すと、彼に向けて放った。

「気にしない。あなたはサポートが強力だし、そっちに専念してくれた方が私も安全なのよ。今回だって、窃盗犯の退路を塞いでくれたお陰で、深夜の街で鬼ごっこをしなくて済んだし」

「力になれているのなら、何よりだ」

「なってる、なってる。っていうか、異能の推理も作戦の指揮もあなただし、サポートはむしろ、私の方でしょ」

マツリカはメリケンサックを装備した拳を振り上げてみせる。勇ましい彼女を見て、カイネはようやく、安心したように微笑んだ。

カイネも戦えるのだが、彼の温厚な性格は荒事に向かなかった。他人を傷つけることに心を痛めることもあったので、喧嘩慣れしているマツリカが前線を引き受けることにしたのだ。

カイネには、言霊を操る異能とハッキング能力がある。マツリカとマイクで繋がっていれば、言霊で彼女を強化できるし、ハッキングに集中できる環境があれば異能以上のこともできるのだ。

「それにしても、色んな異能があるのね。カンナ君やミカゲさんみたいな相手だったらどうしようかと思ったけど」

　マツリカは、気絶してぐったりしている窃盗犯を見下ろす。

「彼らのような咎人が相手ならば、君一人を前線に置かないよ。彼らの異能は戦闘に特化している。いくら戦い慣れていても、無能力者では手に余る相手だ」

「味方なら頼もしいけど、敵だと怖い相手……か」

とはいえ、彼らは曲がったことを良しとしない。歩く道は違えど、目指す方向は似ているはずだ。

「さてと。あとは――」

　マツリカは、床に転がった石と革のバッグを拾い上げたところで視線を感じた。同じく視線を感じたであろうカイネとともに振り返ると、今回の依頼主である宝石店の店主が、店の奥からひょっこりと顔を出していた。

「窃盗犯を捕まえてくださったのですネ！　有り難うございマス！」

　恰幅がいいスリランカ人男性の店主は、流暢な日本語で二人に礼を告げた。

「連日、この辺り一帯の宝石店が被害に遭っているというノニ、警察が調べても手掛かりが見つからず、セキュリティ会社に問い合わせても埒が明かず、困っていたところデシタ！」

「そりゃあ、特殊な手法で開錠されてたら、警察もセキュリティ会社もお手上げですよね。証拠はこちらが持ち込んだカメラで録画したので、警察に突き出す時に役立ててください」

　マツリカは店主に石を返し、カイネは証拠映像が入ったＵＳＢメモリを渡す。店主は燃えるように赤い石を取り戻すと、破顔した。

「このルビーの原石は、先日、スリランカから送られてきたものデス。これだけの大きさでこれだけのグレードのルビーは、コランダムの名産地たる我が国でも、なかなか出まセン」

「原石ってことは、これから研磨して宝石にするって感じなんですね。ルビーはわかるけど、コランダムって……」

　マツリカは、店内の照明を浴びて一層強く輝くルビーの原石をまじまじと見つめる。

「コランダムは鉱物名――いわゆる、原石の名前だったかな。赤いコランダムをルビーと呼び、その他の色のコランダムをサファイアと呼ぶのだと聞いたことがある」

　カイネの蘊蓄(うんちく)に、店主はにこやかに頷いた。

「よくご存じデスね！　やはり、宝石がお好きなのデスか？」

「宝石はインスピレーションを刺激してくれますからね。それに、母国では鉱物が身近でしたから」

「母国？」

　マツリカと店主が首を傾げる。

「ああ、マツリカ君には言ってなかったかな。私の生まれはドイツなんだ」

「Idar-Oberstein!」

「Genau!」

店主の目が輝き、カイネがいきなり母国語で相槌を打つ。

彼らは、ドイツ語でひとしきり盛り上がった後、唖然としてその様子を見ているマツリカに気付き、バツが悪そうに振り返った。

「失敬。ドイツにはイダー＝オーバーシュタインという街があってね。昔から、その街で宝石を加工しているのさ」

「ドイツのミュンヘンでは、毎年、大規模なミネラルショーが開催されるのデス。弊社も仕入れに行くのデスが、その時、必ずイダーに寄るようにしているのデスよ」

「ミネラルショーねぇ。宝石の見本市みたいなものかしら」

それこそ、店主が手にしているような大きくて美しい原石から、見事にカットされた宝石まで、巨大なイベントホールに勢揃いするらしい。

「マツリカ君も興味があるなら案内しよう。私も何度か、足を運んでいるしね」

「ミュンヘンに!? そんな、『銀座は歩き慣れているから案内しよう』的なノリで言われても……！」

マツリカは、思わず目を剝いてしまう。

「これもご縁デス。ミュンヘンショーに行くのなら、弊社が入場チケットをお譲りしましョウ」

店主もノリノリだった。

「いや、宝石は綺麗だと思うけど、海外に行くほど興味があるわけじゃないし……。それに、うっかり戦いで割れちゃったらショックだし……」

しどろもどろのマツリカに、カイネと店主は顔を見合わせる。

「マツリカ君、宝石はガラスのように脆くはない。むしろ、ナックルダスターにつければ華やかさと威力が上がるかもしれないな」

「それなら、コランダムがおすすめデス。ダイヤモンドは硬いケド、劈開がありマス。コランダムは劈開がないから頑丈デス。スリランカのモノでしたら、弊社でお安くできマスが」

「いやいやいやいやいや！　ルビーだかサファイアだかがゴテゴテついたメリケンサックなんて殴り難いから！　色んな意味で！」

攻撃力が上がるというので、一瞬だけ心が揺らいだが、見た目があまりにも派手すぎて頭からすぐに振り払った。

「マツリカ君に似合うのは、燃えるような赤か……」

「ナラ、ルビーになりマスね。見積もりは……」

「あの窃盗犯、方舟機関と関係なさそうだったわね」

「ああ。残党が資金源にしている可能性もあったが、私の見立ては間違っていたようだ」

「まあ、困ってる人を助けられたし、結果オーライ」

申し訳なさそうなカイネの背中を、マツリカが軽く叩く。そのお陰で、丸まりかけた彼の背筋がピンと伸びた。

「さてと。このメリケンサックのお礼、あなたにちゃんとしなくちゃね。信頼に応えるってことでいい？」

マツリカは拳を振り上げてみせる。カイネはふわりと微笑むと、「そうだね」と頷いた。

「でも」

「でも？」

再び悩ましい表情になるカイネに、マツリカは首を傾げる。

「君にもっと相応しいナックルダスターがある気がするんだ。ルビーを嵌めても浮かないデザインをオーダーメイドにして――」

「武器をデコる話から離れんかーい！」

マツリカの拳はチョップになり、カイネに寸止めのツッコミを入れる。

信頼に応えるのが先か、ツッコミが寸止めにならなくなるのが先か。
明け方の空に見守られる中、二人は帰路についたのであった。

―本書のプロフィール―

『東京ファントムペイン』は、二〇一一～二〇二二年に「Rental」にて全十回で連載されたものです。File.xxは本書のための書き下ろしです。

小学館文庫

東京ファントムペイン

著者　蒼月海里

二〇二二年四月十一日　初版第一刷発行

発行人　石川和男
発行所　株式会社　小学館
〒一〇一-八〇〇一
東京都千代田区一ツ橋二-三-一
電話　編集〇三-三二三〇-五六一六
　　　販売〇三-五二八一-三五五五
印刷所――――凸版印刷株式会社

造本には十分注意しておりますが、印刷、製本など製造上の不備がございましたら「制作局コールセンター」（フリーダイヤル〇一二〇-三三六-三四〇）にご連絡ください。（電話受付は、土・日・祝休日を除く九時三〇分～一七時三〇分）

この文庫の詳しい内容はインターネットで24時間ご覧になれます。
小学館公式ホームページ　http://www.shogakukan.co.jp

ISBN978-4-09-407137-5